梁实秋散文精选集

生活，得有点烟火气儿

梁实秋 著

华中科技大学出版社
http://www.hustp.com
中国·武汉

"美食者不必是饕餮客"——美食者重在食物的质,而非量。

有一几一椅一榻,酣睡写读,不复他求。

你走，我不送你，你来，无论多大风多大雨，我要去接你。

人生在世上,局促在一个小圈圈里,大概没有不想偶然远走高飞一下的。

目录 Contents

辑一
人间至味，皆是乡愁

馋	003
栗子	007
豆汁儿	009
炸丸子	011
烧饼油条	014
烤羊肉	018
烧鸭	020
酸梅汤与糖葫芦	023
粥	026
煎馄饨	029
鱼丸	031
火腿	033
腊肉	036
生炒鳝鱼丝	038
芙蓉鸡片	041
八宝饭	044
狮子头	046

辑二
半日读书，半日静坐

漫谈读书	051
读书苦？读书乐？	054
学问与趣味	063
好书谈	066
书房	069
影响我的几本书	073
利用零碎时间	087
谈话的艺术	090
文艺与道德	094

辑三
似水流年，浅忆为安

雅舍	101
想我的母亲	105
胡适先生二三事	109
关于徐志摩	116
忆周作人先生	119
记梁任公先生的一次演讲	125
悼齐如山先生	128
忆老舍	132
我的一位国文老师	137
辜鸿铭先生轶事	142
忆沈从文	144
忆青岛	148
双城记	155

辑四
万物清朗，生活可爱

快乐	167
了生死	170
时间即生命	173
早起	175
沉默	178
中年	181
旧	185
送行	189
寂寞	193
猫的故事	196
饮酒	200
读画	204
喝茶	207
放风筝	211

辑一
人间至味，皆是乡愁

糯米藕一直在我心中留下了不可磨灭的印象。后来成家立业，想吃糯米藕不费吹灰之力，餐馆里有时也有供应，不过浅尝辄止，不复有当年之馋。

馋

　　馋，在英文里找不到一个十分适当的字。罗马暴君尼禄，以至于英国的亨利八世，在大宴群臣的时候，常见其撕下一根根又粗又壮的鸡腿，举起来大嚼，旁若无人，好一副饕餮相！但那不是馋。埃及废王法鲁克，据说每天早餐一口气吃二十个荷包蛋，也不是馋，只是放肆，只是没有吃相。对于某一种食物有所偏好，对于大量地吃，这是贪得无厌。馋，则着重在食物的质，最需要满足的是品味。上天生人，在他嘴里安放一条舌，舌上还有无数的味蕾，教人焉得不馋？馋，基于生理的要求；也可以发展成为近于艺术的趣味。

　　也许我们中国人特别馋一些，"馋"字从食，毚声。"毚"音"馋"，本义是狡兔，善于奔走，人为了口腹之欲，不惜多方奔走以膏馋吻，所谓"为了一张嘴，跑断两条腿"。真正的馋人，为了吃，绝不懒。我有一位亲戚，属汉军旗，又穷又馋。一日傍晚，大风雪，老头子缩头缩脑偎着小煤炉子取暖。他的儿子下班回家，顺路市得四只鸭梨,以一只奉其父。父得梨,大喜,当即啃了半只,随后就披衣戴帽,拿着一只小碗,冲出门外,在风雪交加中不见了人影。他的儿子只听得大门哐啷一声响,追已无及。约一小时,老头子托着小碗回来了,原来他是要吃榅桲拌梨丝!从前酒席,一上来就是四干、四鲜、四蜜饯,榅桲、鸭梨是现成的,饭后一盘榅桲拌梨丝别有风味(没有鸭梨的时候白菜心也能代替)。这老头子吃剩半个梨,突然想起此味,乃不惜于风雪之中奔走一小时。这就是馋。

人之最馋的时候是在想吃一样东西而又不可得的那一段期间。希腊神话中之谭塔勒斯,水深及颚而不得饮,果实当前而不得食,饿火中烧,痛苦万状,他的感觉不是馋,是求生不成求死不得。馋没有这样的严重。人之犯馋,是在饱暖之余,眼看着、回想起或是谈论到某一美味,喉头像是有馋虫搔抓作痒,只好干咽唾沫。一旦得遂所愿,恣情享受,浑身通泰。抗战七八年,我在后方,真想吃故都的食物,人就是这个样子,对于家乡风味总是念念不忘,其实"千里莼羹,未下盐豉"也不见得像传说的那样迷人。我曾痴想北平羊头肉的风味,想了七八年;胜利还乡之后,一个冬夜,听得深巷卖羊头肉小贩的吆喝声,立即从被窝里爬出来,把小贩唤进门洞,我坐在懒凳上看着他于暗淡的油灯照明之下,抽出一把雪亮的薄刀,横着刀刃片羊脸子,片得飞薄,然后取出一只蒙着纱布的羊角,撒上一些椒盐。我托着一盘羊头肉,重复钻进被窝,在枕上一片一片的把羊头肉放进嘴里,不知不觉地进入了睡乡,十分满足地解了馋瘾。但是,老实讲,滋味虽好,总不及在痴想时所想象的香。我小时候,早晨跟我哥哥步行到大鹁鸽市陶氏学堂上学,校门口有个小吃摊贩,切下一片片的东西放在碟子上,洒上红糖汁、玫瑰木樨,淡紫色,样子实在令人馋涎欲滴。走近看,知道是糯米藕。一问价钱,要四个铜板,而我们早点费每天只有两个铜板,我们当下决定,饿一天,明天就可以一尝异味。所付代价太大,所以也不能常吃。糯米藕一直在我心中留下了不可磨灭的印象。后来成家立业,想吃糯米藕不费吹灰之力,餐馆里有时也有供应,不过浅尝辄止,不复有当年之馋。

馋与阶级无关。豪富人家,日食万钱,犹云无下箸处,是因为他这种所谓饮食之人放纵过度,连馋的本能和机会都被剥夺了,他不是不馋,也不是太馋,他麻木了,所以他就要千方百计地在食物方面寻求新的材料、新的刺激。我有一位朋友,湖南桂东县人,他那偏僻小县却因乳猪而著名,他告我说每年某巨公派人前去采购乳猪,搭飞机运走,充实他的郇厨。烤乳猪,何地无之?何必远求?我还记得有人治寿筵,客有专诚献"烤方"者,选尺余见方的细皮嫩肉的猪臂一整块,用铁钩挂在架上,以炭火燔炙,时而武火,时而文火,烤数小时而皮焦肉熟。上桌时,先是一盘脆皮,随后是大薄片的白肉,其味绝美,与广东的烤猪或北平的炉肉风味不同,使得一桌的珍馐相形见绌。可见天下之口有同嗜,普通的一块上好的猪肉,苟处理得法,即快朵颐。像《世说》所谓,王武子家的烝豚,乃是以人乳喂养的,实在觉得多此一举,怪不得魏武未终席而去,人是肉食动物,不必等到"七十者可以食肉矣",平素有一些肉类佐餐,也就可以满足了。

北平人馋，可是也没听说有谁真个馋死，或是为了馋而倾家荡产。大抵好吃的东西都有个季节，逢时按节地享受一番，会因自然调节而不逾矩。开春吃春饼，随后黄花鱼上市，紧接着大头鱼也来了，恰巧这时候后院花椒树发芽，正好掐下来烹鱼。鱼季过后，青蛤当令。紫藤花开，吃藤萝饼；玫瑰花开，吃玫瑰饼；还有枣泥大花糕。到了夏季，"老鸡头才上河哟"，紧接着是菱角、莲蓬、藕、豌豆糕、驴打滚、爱窝窝，一起出现。席上常见水晶肘，坊间唱卖烧羊肉，这时候嫩黄瓜、新蒜头应时而至。秋风一起，先闻到糖炒栗子的气味，然后就是炰烤涮羊肉，还有七尖八团的大螃蟹。"老婆老婆你别馋，过了腊八就是年。"过年前后，食物的丰盛就更不必细说了。一年四季的馋，周而复始的吃。

馋非罪，反而是胃口好、健康的现象，比食而不知其味要好得多。

栗 子

栗子以良乡的为最有名。良乡县在河北，北平的西南方，平汉铁路线上。其地盛产栗子。然栗树北方到处皆有，固不必限于良乡。

我家住在北平大取灯胡同的时候，小园中亦有栗树一株，初仅丈许，不数年高二丈以上，结实累累。果苞若刺猬，若老鸡头，遍体芒刺，内含栗两三颗。熟时不摘取则自行坠落，苞破而栗出。捣碎果苞取栗，有浆液外流，可做染料。后来我在崂山上看见过巨大的栗子树，高三丈以上，果苞落下狼藉满地，无人理会。

在北平，每年秋节过后，大街上几乎每一家干果子铺门外都支起一个大铁锅，翘起短短的一截烟囱，一个小利巴挥动大铁铲，翻炒栗子。不是干炒，是用沙炒，加上糖使沙结成大大小小的粒，所以叫做糖炒栗子。烟煤的黑烟扩散，哗啦哗啦的翻炒声，间或有栗子的爆炸声，织成一片好热闹的晚秋初冬的景致。孩子们没有不爱吃栗子的，几个铜板买一包，草纸包起，用麻茎儿捆上，热乎乎的，有时简直是烫手热，拿回家去一时舍不得吃完，藏在被窝垛里保温。

煮咸水栗子是另一种吃法。在栗子上切十字形裂口，在锅里煮，加盐。栗子是甜滋滋的，加上咸，别有风味。煮时不妨加些八角之类的香料。冷食热食均佳。

但是最妙的是以栗子做点心。北平西车站食堂是有名的西餐馆。所制"奶油栗子面儿"或称"奶油栗子粉"实在是一绝。栗子磨成粉，就好像花生粉一样，干松松的，上面浇大量奶油。所谓奶油就是打搅过的奶油（whipped cream）。用小勺取食，味妙无穷。奶油要新鲜，打搅要适度，打得不够稠自然不好吃，打过了头却又稀释了。东安市场的中兴茶楼和国强西点铺后来也仿制，工料不够水准，稍形逊色。北海仿膳之栗子面小窝头，我吃不出栗子味。

杭州西湖烟霞岭下翁家山的桂花是出名的，尤其是满家弄，不但桂花特别的香，而且桂花盛时栗子正熟，桂花煮栗子成了路边小店的无上佳品。徐志摩告诉我，每值秋后必去访桂，吃一碗煮栗子，认为是一大享受。有一年他去了，桂花被雨摧残净尽，他感而写了一首诗《这年头活着不易》。

十几年前在西雅图海滨市场闲逛，出得门来忽闻异香，遥见一意大利人推小车卖炒栗。论个卖——五角钱一个，我们一家六口就买了六颗，坐在车里分而尝之。如今我们这里到冬天也有小贩卖"良乡栗子"了。韩国进口的栗子大而无当，并且糊皮，不足取。

豆汁儿

豆汁下面一定要加一个儿字,就好像说鸡蛋的时候鸡字下面一定要加一个儿字,若没有这个轻读的语尾,听者就会不明白你的语意而生误解。

胡金铨先生在《谈老舍》的一本书上,一开头就说:不能喝豆汁儿的人算不得真正的北平人。这话一点儿也不错。就是在北平,喝豆汁儿的人也是以北平城里的人为限,城外乡间没有人喝豆汁儿,制作豆汁儿的原料是用以喂猪的。但是这种原料,加水熬煮,却成了城里人个个欢喜的食物。而且这与阶级无关。卖力气的苦哈哈,一脸渍泥儿,坐小板凳儿,围着豆汁儿挑子,啃豆腐丝儿卷大饼,喝豆汁儿,就咸菜儿,固然是自得其乐。府门头儿的姑娘、哥儿们,不便在街头巷尾公开露面,和穷苦的平民混在一起喝豆汁儿,也会派底下人或是老妈子拿沙锅去买回家里重新加热大喝特喝,而且不会忘记带回一碟那挑子上特备的辣咸菜。家里尽管有上好的酱菜,不管用,非那个廉价的大腌萝卜丝拌的咸菜不够味。口有同嗜，不分贫富老少男女。我不知道为什么北平人养成这种特殊的口味。南方人到了北平，不可能喝豆汁儿的，就是河北各县也没有人能容忍这个异味而不龇牙咧嘴。豆汁儿之妙，一在酸，酸中带馊腐的怪味。二在烫，只能吸溜吸溜地喝，不能大口猛灌。三在咸菜的辣，辣得舌尖发麻。越辣越喝，越喝越烫，最后是满头大汗。我小时候在夏天喝豆汁儿，是先脱成光脊梁，然后才喝，等到汗落再穿上衣服。

自从离开北平，想念豆汁儿不能自已。有一年我路过济南，在车站附近一个小饭铺墙上贴着条子说有"豆汁"发售。叫了一碗来吃，原来是豆浆。是我自己疏忽，写明的是"豆汁"，不是"豆汁儿"。来到台湾，有朋友说有一家饭馆儿卖豆汁儿，乃偕往一尝。乌糟糟的两碗端上来，倒是有一股酸馊之味触鼻，可是稠糊糊的像麦片粥，到嘴里很难下咽。可见在什么地方吃什么东西，勉强不得。

炸丸子

我想人没有不爱吃炸丸子的，尤其是小孩。我小时候，根本不懂什么五臭八珍，只知道小炸丸子最为可口。肉剁得松松细细的，炸得外焦里嫩，入口即酥，不需大嚼，既不吐核，又不摘刺，蘸花椒盐吃，一口一个，实在是无上美味。可惜一盘丸子只有二十来个，桌上人多，分下来差不多每人两三个，刚把馋虫诱上喉头，就难以为继了。我们住家的胡同口有一个同和馆，近在咫尺，有时家里来客留饭，就在同和馆叫几个菜作为补充，其中必有炸丸子，亦所以餍我们几个孩子所望。有一天，我们两三个孩子偎在母亲身边闲话，我的小弟弟不知怎么的心血来潮，没头没脑地冒出这样的一句话："妈，小炸丸子要多少钱一碟？"我们听了哄然大笑，母亲却觉得一阵心酸，立即派佣人到同和馆买来一碟小炸丸子，我们两三个孩子伸手抓食，每人分到十个左右，心满意足。事隔七十多年，不能忘记那一回吃小炸丸子的滋味。

炸丸子上面加一个"小"字，不是没有缘由的。丸子大了，炸起来就不容易炸透。如果炸透，外面一层又怕炸过火。所以要小。有些馆子称之为樱桃丸子，也不过是形容其小。其实这是夸张，事实上总比樱桃大些。要炸得外焦里嫩有一个诀窍。先用温油炸到八分熟，捞起丸子，使稍冷却，在快要食用的时候投入沸油中再炸一遍。这样便可使外面焦而里面不至变老。

为了偶尔变换样子，炸丸子做好之后，还可以用葱花酱油芡粉在锅里勾一些卤，加上一些木耳，然后把炸好的丸子放进去滚一下就起锅，是为溜丸子。

如果用高汤煮丸子，而不用油煎，煮得白白嫩嫩的，加上一些黄瓜片或是小白菜心，也很可口，是为氽丸子。若是赶上毛豆刚上市，把毛豆剁碎羼在肉里，也很别致，是为毛豆丸子。

湖北馆子的蓑衣丸子也很特别，是用丸子裹上糯米，上屉蒸。蒸出来一个个的粘着挺然翘然的米粒，好像是披了一件蓑衣，故名。这道菜要做得好，并不难，糯米先泡软再蒸，就不会生硬。我不知道为什么湖北人特喜糯米，豆皮要包糯米，烧卖也要包糯米，丸子也要裹上糯米。我私人以为除了粽子汤团和八宝饭之外，糯米派不上什么用场。

北平酱肘子铺（即便宜坊）卖一种炸丸子，扁扁的，外表疙瘩噜苏，里面全是一些筋头麻脑的剔骨肉，价钱便宜，可是风味特殊，当做火锅的锅料用最为合适。我小时候上学，如果手头敷余，买个炸丸子夹在烧饼里，惬意极了，如今回想起来还回味无穷。

最后还不能不提到"乌丸子"。一半炸猪肉丸子，一半炸鸡胸肉丸子,盛在一个盘子里,半黑半白,很是别致。要有一小碗卤汁,蘸卤汁吃才有风味。为什么叫乌丸子,我不知道,大概是什么一位姓乌的大老爷所发明,故以此名之。从前有那样的风气,人以菜名,菜以人名,如潘鱼江豆腐之类皆是。

烧饼油条

烧饼油条是我们中国人标准早餐之一，在北方不分省份、不分阶级、不分老少，大概都欢喜食用。我生长在北平，小时候的早餐几乎永远是一套烧饼油条——不，叫油炸鬼，不叫油条。有人说，油炸鬼是油炸桧之讹，大家痛恨秦桧，所以名之为油炸桧以泄愤。这种说法恐怕是源自南方，因为北方读音鬼与桧不同。为什么叫油鬼，没人知道。在比较富裕的大家庭里，只有做父亲的才有资格偶然以馄饨、鸡丝面或羊肉馅包子做早点；只有做祖父母的才有资格常以燕窝汤、莲子羹或哈什玛之类做早点；像我们这些"民族幼苗"，便只有烧饼油条来果腹了。说来奇怪，我对于烧饼油条从无反感，天天吃也不厌，我清早起来，就有一大簸箩烧饼油鬼在桌上等着我。

现在台湾的烧饼油条，我以前在北平还没见过。我所知道的烧饼，有螺蛳转儿、芝麻酱烧饼、马蹄儿、驴蹄儿几种，油鬼有麻花儿、甜油鬼、炸饼儿几种。螺蛳转儿夹麻花儿是一绝，掰开螺蛳转儿，夹进麻花儿，用手一按，咔吱一声麻花儿碎了，这一声响就很有意思，如今我再也听不到这个声音。有一天和齐如山先生谈起，他也很感慨，他嫌此地油条不够脆，有一次他请炸油条的人给他特别炸焦，"我加倍给你钱"，那个炸油条的人好像是前一夜没睡好觉（事实上凡是炸油条、烙烧饼的人都是睡眠不足），一翻白眼说："你有钱？我不伺候！"回锅油条、老油条也不是味道，焦硬有余，酥脆不足。至于烧饼，螺蛳转儿好像久已不见了，因为专门制售螺蛳转儿的粥铺早已绝迹了。所谓粥铺，是专卖甜浆粥的一种小店，甜浆粥是一种稀稀的粗粮米汤，其味特殊。北平城里的人不知道喝豆浆，常是一碗甜浆粥一套螺蛳转儿，但是这也得到粥铺去趁热享用才好吃。我到十四岁以后才喝到豆浆，我相信我父母一辈子也没有喝过豆浆。我们家里吃烧饼油条，嘴干了就喝大壶的茶，难得有一次喝到甜浆粥。后来我到了上海，才看到细细长长的那种烧饼，以及菱形的烧饼，而且油条长长的也不适于夹在烧饼里。

火腿、鸡蛋、牛油面包作为标准的早点，当然也很好，但我只是在不得已的情形下才接受了这种异俗。我心里怀念的仍是烧饼油条。和我有同嗜的人相当不少。海外羁旅，对于家乡土物率多念念不忘。有一位华裔美籍的学人，每次到台湾来都要带一二百副烧饼油条回到美国去，存在冰柜里，逐日检取一副放在烤箱或电锅里一烤，便觉得美不可言。谁不知道烧饼油条只是脂肪、淀粉，从营养学来看，不构成一份平衡的食品。但是多年习惯，对此不能忘情。在纽约曾有人招待我到一家中国餐馆进早点，座无虚席，都是烧饼油条客，那油条一根根的都很结棍，韧性很强。但是大家觉得这是家乡味，聊胜于无。做油条的师傅，说不定曾经付过二两黄金才学到如此这般的手艺。又有一位返国观光的游子，住在台北一家观光旅馆里，晨起第一桩事就是外出寻找烧饼油条，遍寻无着，返回旅舍问服务小姐，服务小姐登时蛾眉一耸说："这是观光区域，怎会有这种东西，你要向偏僻街道、小巷去找。"闹哄了一阵，兴趣已无，乖乖地到附设餐厅里去吃火腿、鸡蛋、面包了事。

有人看我天天吃烧饼油条，就问我："你不嫌脏？"我没想到过这个问题。据这位关心的人说，要注意烧饼里有没有老鼠屎。第二天我打开烧饼先检查，哇，一颗不大不小像一颗万应锭似的黑黑的东西赫然在焉。用手一捻，碎了。若是不当心，入口一咬，必定牙碜，也许不当心会咽了下去。想起来好怕，"一颗老鼠屎搅坏一锅粥"，这话不假，从此我存了戒心。看看那个豆浆店，小小一间门面，案板油锅都放在行人道上，满地是油渍污泥，一袋袋的面粉堆在一旁像沙包一样，阴沟里老鼠横行。再看看那打烧饼、炸油条的人，头发鬈鬈，上身只有灰白背心，脚上一双拖鞋，说不定嘴里还叼着一根纸烟。在这情况之下，要使老鼠屎不混进烧饼里去，着实很难。好在不是一个烧饼里必定轮配到一橛老鼠屎，难得遇见一回，所以戒心维持了一阵也就解严了。

也曾经有过观光级的豆浆店出现，在那里有峨高冠的厨师，有穿制服的侍者，有装潢，有灯饰，筷子有纸包着，豆浆碗下有盘托着，餐巾用过就换，而不是一块毛巾大家用，像邮局浆糊旁边附设的小块毛巾那样的又脏又黏。如果你带外宾进去吃早点，可以不至于脸红。但是偶尔观光一次是可以的,谁也不能天天去观光,谁也不能常跑远路去图一饱。于是这打肿脸充胖子的局面维持不下去了,烧饼油条依然是在行人道边乌烟瘴气的环境里苟延残喘,而且我感觉到吃烧饼油条的同志也越来越少了。

烤羊肉

北平中秋以后，螃蟹正肥，烤羊肉亦一同上市。口外的羊肥，而少膻味，是北平人主要的食用肉之一。不知何故很多人家根本不吃牛肉，我家里就牛肉不曾进过门。说起烤肉就是烤羊肉。南方人吃的红烧羊肉，是山羊肉，有膻气，肉瘦，连皮吃，北方人觉得是怪事，因为北方的羊皮留着做皮袄，舍不得吃。

北平烤羊肉以前门肉市正阳楼为最有名，主要的是工料细致，无论是上脑、黄瓜条、三叉、大肥片，都切得飞薄，切肉的师傅就在柜台近处表演他的刀法，一块肉用一块布蒙盖着，一手按着肉一手切，刀法利落。肉不是电冰柜里的冻肉（从前没有电冰柜），就是冬寒天冻，肉还是软软的，没有手艺是切不好的。

正阳楼的烤肉炙子，比烤肉宛、烤肉季的要小得多，直径不过二尺，放在四张八仙桌子上，都是摆在小院里，四围是四把条凳。三五个一伙围着一个桌子，抬起一条腿踩在条凳上，边烤边饮边吃边说笑，这是标准的吃烤肉的架势。不像烤肉宛那样的大炙子，十几条大汉在熊熊烈火周围,一面烤肉一面烤人。女客喜欢到正阳楼吃烤肉,地方比较文静一些,不愿意露天自己烤,伙计们可以烤好送进房里来。烤肉用的不是炭,不是柴,是烧过除烟的松树枝子,所以带有特殊香气。烤肉不需多少佐料,有大葱芫荽酱油就行。

正阳楼的烧饼是一绝,薄薄的两层皮,一面粘芝麻,打开来会冒一股滚烫的热气,中间可以塞进一大箸子烤肉,咬上去,软。普通的芝麻酱烧饼不对劲,中间有芯子,太厚实,夹不了多少肉。

我在青岛住了四年,想起北平烤羊肉馋涎欲滴。可巧厚德福饭庄从北平运来大批冷冻羊肉片,我灵机一动,托人在北平为我订制了一具烤肉炙子。炙子有一定的规格尺度,不是外行人可以随便制造的。我的炙子运来之后,大宴宾客,命儿辈到寓所后山拾松塔盈筐,敷在炭上,松香浓郁。烤肉佐以潍县特产大葱,真如锦上添花,葱白粗如甘蔗,斜切成片,细嫩而甜。吃得皆大欢喜。

提起潍县大葱,又有一事难忘。我的同学张心一是一位畸人,他的夫人是江苏人,家中禁食葱蒜,而心一是甘肃人,极嗜葱蒜。他有一次过青岛,我邀他家中便饭,他要求大葱一盘,别无所欲。我如他所请,特备大葱一盘,家常饼数张。心一以葱卷饼,顷刻而罄,对于其他菜肴竟未下箸,直吃得他满头大汗。他说这是数年来第一次如意的饱餐!

我离开青岛时把炙子送给同事赵少侯,此后抗战军兴,友朋星散,这青岛独有的一个炙子就不知流落何方了。

烧鸭

北平烤鸭,名闻中外。在北平不叫烤鸭,叫烧鸭,或烧鸭子,在口语中加一子字。

《北平风俗杂咏》严辰《忆京都词》十一首,第五首云:

忆京都·填鸭冠寰中

烂煮登盘肥且美,加之炮烙制尤工。

此间亦有呼名鸭,骨瘦如柴空打杀。

严辰是浙人,对于北平填鸭之倾倒,可谓情见乎词。

北平苦旱,不是产鸭盛地,惟近在咫尺之通州得运河之便,渠塘交错,特宜畜鸭。佳种皆纯白,野鸭花鸭则非上选。鸭自通州运到北平,仍需施以填肥手续。以高粱及其他饲料揉搓成圆条状,较一般香肠热狗为粗,长约四寸许。通州的鸭子师傅抓过一只鸭来,夹在两条腿间,使不得动,用手掰开鸭嘴,以粗长的一根根的食料蘸着水硬行塞入。鸭子要叫都叫不出声，只有眨巴眼的份儿。塞进口中之后，用手紧紧地往下捋鸭的脖子，硬把那一根根的东西挤送到鸭的胃里。填进几根之后，眼看着再填就要撑破肚皮，这才松手，把鸭关进一间不见天日的小棚子里。几十百只鸭关在一起，像沙丁鱼，绝无活动余地，只是尽量给予水喝。这样关了若干天，天天扯出来填，非肥不可，故名填鸭。一来鸭子品种好，二来师傅手艺高，所以填鸭为北平所独有。抗战时期在后方有一家餐馆试行填鸭，三分之一死去，没死的虽非骨瘦如柴，也并不很肥，这是我亲眼看到的。鸭一定要肥，肥才嫩。

北平烧鸭，除了专门卖鸭的餐馆如全聚德之外，是由便宜坊（即酱肘子铺）发售的。在馆子里亦可吃烧鸭，例如在福全馆宴客，就可以叫右边邻近的一家便宜坊送了过来。自从宣外的老便宜坊关张以后，要以东城的金鱼胡同口的宝华春为后起之秀，楼下门市，楼上小楼一角最是吃烧鸭的好地方。在家里，打一个电话，宝华春就会派一个小利巴，用保温的铅铁桶送来一只才出炉的烧鸭，油淋淋的，烫手热的。附带着他还管代蒸荷叶饼葱酱之类。他在席旁小桌上当众片鸭，手艺不错，讲究片得薄，每一片有皮有油有肉，随后一盘瘦肉，最后是鸭头鸭尖，大功告成。主人高兴，赏钱两吊，小利巴欢天喜地称谢而去。

填鸭费工费料，后来一般餐馆几乎都卖烧鸭，叫做叉烧烤鸭，连焖炉的设备也省了，就地一堆炭火一根铁叉就能应市。同时用的是未经填肥的普通鸭子，吹凸了鸭皮晾干一烤，也能烤得焦黄进脆。但是除了皮就是肉，没有黄油，味道当然差得多。有人到北平吃烤鸭，归来盛道其美，我问他好在哪里，他说："有皮，有肉，没有油。"我告诉他："你还没有吃过北平烤鸭。"

所谓一鸭三吃，那是广告噱头。在北平吃烧鸭，照例有一碗滴出来的油，有一副鸭架装。鸭油可以蒸蛋羹，鸭架装可以熬白菜，也可以煮汤打卤。馆子里的鸭架装熬白菜，可能是预先煮好的大锅菜，稀汤寡水，索然寡味。会吃的人要把整个的架装带回家里去煮。这一锅汤，若是加口蘑（不是冬菇，不是香蕈）打卤，卤上再加一勺炸花椒油，吃打卤面，其味之美无与伦比。

酸梅汤与糖葫芦

夏天喝酸梅汤，冬天吃糖葫芦，在北平是不分阶级人人都能享受的事。不过东西也有精粗之别。琉璃厂信远斋的酸梅汤与糖葫芦，特别考究，与其他各处或街头小贩所供应者大有不同。

徐凌霄《旧都百话》关于酸梅汤有这样的记载：

暑天之冰，以冰梅汤为最流行，大街小巷，干鲜果铺的门口，都可以看见"冰镇梅汤"四字的木檐横额。有的黄底黑字，甚为工致，迎风招展，好似酒家的帘子一样，使过往的热人，望梅止渴，富于吸引力。昔年京朝大老，贵客雅流，有闲工夫，常常要到琉璃厂逛逛书铺，品品古董，考考版本，消磨长昼。天热口干，辄以信远斋梅汤为解渴之需。

信远斋铺面很小，只有两间小小门面，临街是旧式玻璃门窗，拂拭得一尘不染，门楣上一块黑漆金字匾额，铺内清洁简单，道地北平式的装修。进门右手方有一黑漆大木桶，里面有一大白瓷罐，罐外周围全是碎冰，罐里是酸梅汤，所以名为冰镇，北平的冰是从什刹海或护城河挖取藏在窖内的，冰块里可以看见草皮木屑，泥沙秽物更不能免，是不能放在饮料里喝的。什刹海会贤堂的名件"冰碗"，莲蓬桃仁杏仁菱角藕都放在冰块上，食客不嫌其脏，真是不可思议。有人甚至把冰块放在酸梅汤里！信远斋的冰镇就高明多了。因为桶大罐小冰多，喝起来凉沁脾胃。他的酸梅汤的成功秘诀，是冰糖多、梅汁稠、水少，所以味浓而酽。上口冰凉，甜酸适度，含在嘴里如品纯醪，舍不得下咽。很少人能站在那里喝那一小碗而不再喝一碗的。抗战胜利还乡，我带孩子们到信远斋，我准许他们能喝多少碗都可以。他们连尽七碗方始罢休。我每次去喝，不是为解渴，是为解馋。我不知道为什么没有人动脑筋把信远斋的酸梅汤制为罐头行销各地，而一任"可口可乐"到处猖狂。

信远斋也卖酸梅卤、酸梅糕。卤冲水可以制酸梅汤，但是无论如何不能像站在那木桶旁边细啜那样有味。我自己在家也曾试做，在药铺买了乌梅，在干果铺买了大块冰糖，不惜工本，仍难如愿。信远斋掌柜姓萧，一团和气，我曾问他何以仿制不成，他回答得很妙："请您过来喝，别自己费事了。"

信远斋也卖蜜饯、冰糖子儿、糖葫芦。以糖葫芦为最出色。北平糖葫芦分三种。一种用麦芽糖，北平话是糖稀，可以做大串山里红的糖葫芦，可以长达五尺多，这种大糖葫芦，新年厂甸卖得最多。麦芽糖裹水杏儿(没长大的绿杏)，很好吃，做糖葫芦就不见佳，尤其是山里红常是烂的或是带虫子屎。另一种用白糖和了粘上去，冷了之后白汪汪的一层霜，另有风味。正宗是冰糖葫芦，薄薄一层糖，透明雪亮。材料种类甚多，诸如海棠、山药、山药豆、杏干、葡萄、橘子、荸荠、核桃，但是以山里红为正宗。山里红，即山楂，北地盛产，味酸，裹糖则极可口。一般的糖葫芦皆用半尺来长的竹签，街头小贩所售，多染尘沙，而且品质粗劣。东安市场所售较为高级。但仍以信远斋所制为最精，不用竹签，每一颗山里红或海棠均单个独立，所用之果皆硕大无疵，而且干净，放在垫了油纸的纸盒中由客携去。

　　离开北平就没吃过糖葫芦，实在想念。近有客自北平来，说起糖葫芦，据称在北平这种不属于任何一个阶级的食物几已绝迹。他说我们在台湾自己家里也未尝不可试做，台湾虽无山里红，其他水果种类不少，沾了冰糖汁，放在一块涂了油的玻璃板上，送入冰箱冷冻，岂不即可等着大嚼？他说他制成之后将邀我共尝，但是迄今尚无下文，不知结果如何。

粥

我不爱吃粥。小时候一生病就被迫喝粥,因此非常怕生病。平素早点总是烧饼、油条、馒头、包子,非干物生噎不饱。抗战时在外作客,偶寓友人家,早餐是一锅稀饭,四色小菜大家分享。一小块酱豆腐在碟子中央孤立,一小撮花生米疏疏落落的洒在盘子中,一根油条斩做许多碎块堆在碟中成一小丘,一个完整的皮蛋在酱油碟里晃来晃去。不能说是不丰盛了,但是干噎惯了的人就觉得委屈,如果不算是虐待。

也有例外。我母亲若是亲自熬一小薄铫(音吊)儿的粥,分半碗给我吃,我甘之如饴。薄铫儿即是有柄有盖的小砂锅,最多能煮两小碗粥,在小白炉子的火口边上煮。不用剩饭煮,用生米淘净慢煨。水一次加足,不半途添水。始终不加搅和,任它翻滚。这样煮出来的粥,粘和,烂,而颗颗米粒是完整的,香。再佐以笋尖火腿糟豆腐之类,其味甚佳。

一说起粥,就不免想起从前北方的粥厂,那是慈善机关或好心人士施舍救济的地方。每逢冬天就有不少鹑衣百结的人排队领粥。"饘粥不继"就是形容连粥都没得喝的人。"饘"是稠粥,粥指稀粥。喝粥暂时装满肚皮,不能经久。喝粥聊胜于喝西北风。

不过我们也必须承认,某些粥还是蛮好喝的。北方人家熬粥熟,有时加上大把的白菜心,俟菜烂再撒上一些盐和麻油,别有风味,名为"菜粥"。若是粥煮好后取嫩荷叶洗净铺在粥上,粥变成淡淡的绿色,有一股荷叶的清香渗入粥内,是为"荷叶粥"。从前北京有所谓粥铺,清晨卖"甜浆粥",是用一种碎米熬成的稀米汤,有一种奇特的风味,佐以特制的螺丝转儿炸麻花儿,是很别致的平民化早点,但是不知何故被淘汰了。还有所谓大麦粥,是沿街叫卖的平民食物,有异香,也不见了。

台湾消夜所谓"清粥小菜",粥里经常羼有红薯,味亦不恶。小菜真正是小盘小碗,荤素俱备。白日正餐大鱼大肉,消夜啜粥甚宜。

腊八粥是粥类中的综艺节目。北京雍和宫煮腊八粥,据《旧京风俗志》,是由内务府主办,惊师动众,这一顿粥要耗十万两银子!煮好先恭呈御用,然后分别赏赐王公大臣,这不是喝粥,这是招摇。然而煮腊八粥的风俗深入民间至今弗辍。我小时候喝腊八粥是一件大事。午夜才过,我的二舅爹爹(我父亲的二舅父)就开始作业,搬出擦得锃光大亮的大小铜锅两个,大的高一尺开外,口径约一尺。然后把预先分别泡过的五谷杂粮如小米、红豆、老鸡头、薏仁米,以及粥果如白果、栗子、胡桃、红枣、桂圆肉之类,开始熬煮,不住地用长柄大勺搅动,防粘锅底。两锅内容不太一样,大的粗糙些，小的细致些，以粥果多少为别。此外尚有额外精致粥果另装一盘，如瓜子仁、杏仁、葡萄干、红丝青丝、松子、蜜饯之类，准备临时放在粥面上的。等到腊八早晨，每人一大碗，尽量加红糖，稀里呼噜地喝个尽兴。家家熬粥，家家送粥给亲友，东一碗来，西一碗去，真是多此一举。剩下的粥，倒在大绿釉瓦盆里，自然凝冻，留到年底也不会坏。自从丧乱，年年过腊八，年年有粥喝，兴致未减，材料难求，因陋就简，虚应故事而已。

煎馄饨

馄饨这个名称好古怪。宋程大昌《演繁露》:"世言馄饨,是虏中浑沌氏为之。"有此一说,未必可信。不过我们知道馄饨历史相当悠久,无分南北到处有之。

儿时,里巷中到了午后常听见有担贩大声吆喝:"馄饨——开锅!"这种馄饨挑子上的馄饨,别有风味,物美价廉。那一锅汤是骨头煮的,煮得久,所以是浑浑的、浓浓的。馄饨的皮子薄,馅极少,勉强可以吃出其中有一点点肉。但是佐料不少,葱花、芫荽、虾皮、冬菜、酱油、醋、麻油,最后撒上竹节筒里装着的黑胡椒粉。这样的馄饨在别处是吃不到的,谁有工夫去熬那么一大锅骨头汤?

北平的山东馆子差不多都卖馄饨。我家胡同口有一个同和馆,从前在当地还有一点小名,早晨就卖馄饨和羊肉馅和卤馅的小包子。馄饨做得不错,汤清味厚,还加上几小块鸡血几根豆苗。凡是饭馆没有不备一锅高汤的(英语所谓"原汤"stock),一碗馄饨舀上一勺高汤，就味道十足。后来"味之素"大行其道，谁还预备原汤？不过善品味的人，一尝便知道是不是正味。

馆子里卖的馄饨，以致美斋的为最出名。好多年前，《同治都门纪略》就有赞赏致美斋的馄饨的打油诗：

> 包得馄饨味胜常，馅融春韭嚼来香。
> 汤清润吻休嫌淡，咽来方知滋味长。

这是同治年间的事，虽然已过了五十年左右，饭馆的状况变化很多，但是他的馄饨仍是不同凡响，主要的原因是汤好。

我最激赏的是致美斋的煎馄饨，每个馄饨都包得非常俏式，薄薄的皮子挺拔舒翘，像是天主教修女的白布帽子。入油锅慢火生炸，炸黄之后再上小型蒸屉猛蒸片刻，立即带屉上桌。馄饨皮软而微韧，有异趣。

鱼丸

初到台湾，见推车小贩卖鱼丸，现煮现卖，热腾腾的。一碗两颗，相当大。一口咬下去，不大对劲，相当结实。丸与汤的颜色是混浊的，微呈灰色，但是滋味不错。

我母亲是杭州人，善做南方口味的菜，但不肯轻易下厨，若是偶然操动刀俎，也是在里面小跨院露天升起小火炉自设锅灶。每逢我父亲一时高兴从东单菜市买来一条欢蹦乱跳的活鱼，必定亲手交给母亲，说："特烦处理一下。"就好像是绅商特烦名角上演似的。母亲一看是条一尺开外的大活鱼，眉头一皱，只好勉为其难，因为杀鱼不是一件愉快的事。母亲说，这鱼太活了，宜做鱼丸。但是不忍心下手宰它。我二姊说："我来杀。"从屋里拿出一根门闩。鱼在石几上躺着，一杠子打下去未中要害，鱼是滑的，打了一个挺，跃起一丈多高，落在房檐上了。于是大家笑成一团，搬梯子，上房，捉到鱼便从房上直摔下来，摔了个半死，这才从容开膛清洗。幼时这一幕闹剧印象太深，一提起鱼丸就回忆起来。

做鱼丸的鱼必须是活鱼，选肉厚而刺少的鱼。像花鲢就很好，我母亲叫它做厚鱼，又叫它做纹鱼，不知这是不是方言。剖鱼为两片，先取一片钉其头部于木墩之上，用刀徐徐斜着刃刮其肉，肉乃成泥状，不时地从刀刃上抹下来置碗中。两片都刮完，差不多有一碗鱼肉泥。加少许盐，少许水，挤姜汁于其中，用几根竹筷打，打得越久越好，打成糊状。不需要加蛋白，鱼不活才加蛋白。下一步骤是煮一锅开水，移锅止沸，急速用羹匙舀鱼泥，用手一抹，入水成丸，丸不会成圆球形，因为无法搓得圆。连成数丸，移锅使沸，俟鱼丸变色即是八九分熟，捞出置碗内。再继续制作。手法要快，沸水要控制得宜，否则鱼泥有入水涣散不可收拾之虞。煮鱼丸的汤本身即很鲜美，不需高汤。将做好的鱼丸倾入汤内煮沸，撒上一些葱花或嫩豆苗，即可盛在大碗内上桌。当然鱼丸也可红烧，究不如清汤本色，这样做出的鱼丸嫩得像豆腐。

湖北是渔产丰饶的地方。抗战时我在汉口停留过一阵，听说有个鮰鱼大王，能做鮰鱼全席，我不曾见识。不过他家的鮰鱼面吃过一碗，确属不凡。十几年前，友人高鸿缙先生，他是湖北人，以其夫人新制鱼丸见贻，连鱼丸带汤带锅，滚烫滚烫的，喷香喷香的，我连吃了三天，齿颊留芬。如今高先生早已作古，空余旧事萦绕心头！

火腿

  从前北方人不懂吃火腿,嫌火腿有一股陈腐的油腻涩味,也许是不善处理,把"滴油"一部分未加削裁就吃下去了,当然会吃得舌矫不能下,好像舌头要黏住上膛一样。有些北方人见了火腿就发怵,总觉得没有清酱肉爽口。后来许多北方人也能欣赏火腿,不过火腿究竟是南货,在北方不是顶流行的食物。道地的北方餐馆做菜配料,绝无使用火腿,永远是清酱肉。事实上,清酱肉也的确很好,我每次做江南游总是携带几方清酱肉,分馈亲友,无不赞美。只是清酱肉要输火腿特有的一段香。

  火腿的历史且不去谈它。也许是宋朝大破金兵的宗泽于无意中所发明。宗泽是义乌人,在金华之东。所以直到如今,凡火腿必曰金华火腿。东阳县亦在金华附近,《东阳县志》云:"熏蹄,俗谓火腿,其实烟熏,非火也。腌晒熏将如法者,果胜常品,以所腌之盐必台盐,所熏之烟必松烟,气香烈而善入,制之及时如法,故久而弥旨。"火腿制作方法亦不必细究。总之手续及材料必定很有考究。

东阳上蒋村蒋氏一族大部分以制火腿为业，故"蒋腿"特为著名。金华本地常不能吃到好的火腿，上品均已行销各地。

我在上海时，每经大马路，辄至天福市得熟火腿四角钱，店员以利刃切成薄片，瘦肉鲜明似火，肥肉依稀透明，佐酒下饭为无上妙品。至今思之犹有余香。

一九二六年冬，某日吴梅先生宴东南大学同仁于南京北万全，予亦叨陪。席间上清蒸火腿一色，盛以高边大瓷盘，取火腿最精部分，切成半寸见方高寸许之小块，二三十块矗立于盘中，纯由醇酿花雕蒸制熟透，味之鲜美无与伦比。先生微酡，击案高歌，盛会难忘，于今已有半个世纪有余。

抗战时，某日张道藩先生召饮于重庆之留春坞。留春坞是云南馆子。云南的食物产品，无论是萝卜或是白菜都异常硕大，猪腿亦不例外。故云腿通常均较金华火腿为壮观，脂多肉厚，虽香味稍逊，但是做叉烧火腿则特别出色。留春坞的叉烧火腿，大厚片烤熟夹面包，丰腴适口，较湖南馆子的蜜汁火腿似乎犹胜一筹。

台湾气候太热，不适于制作火腿，但有不少人仿制，结果不是粗制滥造，便是腌晒不足急于发售，带有死尸味；幸而无尸臭，亦是一味死咸，与"家乡肉"无殊。逢年过节，常收到礼物，火腿是其中一色。即使可以食用，其中那根大骨头很难剔除，运斤猛斫，可能砍得稀巴烂而骨尚未断，我一见火腿便觉束手无策，廉价出售不失为一办法，否则只好央由菁清持往熟识商店请求代为肢解。

有人告诉我，整只火腿煮熟是有诀窍的。法以整只火腿浸泡水中三数日，每日换水一二次，然后刮磨表面油渍，然后用凿子挖出其中的骨头（这层手续不易），然后用麻绳紧紧捆绑，下锅煮沸二十分钟，然后以微火煮两小时，然后再大火煮沸，取出冷却，即可食用。像这样繁复的手续，我们哪得工夫？不如买现成的火腿吃（台北有两家上海店可以买到），如果买不到，干脆不吃。

有一次得到一只真的金华火腿，瘦小坚硬，大概是收藏有年。菁清持往熟识商肆，老板奏刀，砉的一声，劈成两截。他怔住了，鼻孔翕张，好像是嗅到了异味，惊叫："这是道地的金华火腿，数十年不闻此味矣！"他嗅了又嗅不忍释手，他要求把爪尖送给他，结果连蹄带爪都送给他了。他说回家去要好好炖一锅汤吃。

美国的火腿，所谓 ham，不是不好吃，是另一种东西。如果是现烤出来的大块火腿，表皮上烤出凤梨似的斜方格，趁热切大薄片而食之，亦颇可口，唯不可与金华火腿同日而语。"佛琴尼亚火腿"则又是一种货色，色香味均略近似金华火腿，去骨者尤佳，常居海外的游子，得此聊胜于无。

腊肉

腊肉就是经过制炼的腌肉,到了腊尾春头的时候拿出来吃,所以叫做腊肉。普通的暴腌咸肉,或所谓"家乡肉",不能算是腊肉。

湖南的腊肉是最出名,可是到了湖南却不能求之于店肆,真正上好的湖南腊肉要到人家里才能尝到。因为腊肉本是我们农村社会中家庭产品,可以长久存储,既以自奉,兼可待客,所谓"岁时伏腊"成了很普通的习俗。

真正上好的腊肉我只吃过一次。抗战初期,道出长沙,乘便去湘潭访问一位朋友。乘小轮溯江而上,虽然已是初夏,仍感觉到"春水绿波春草绿色"的景致宜人。朋友家在湘潭城内柳丝巷二号。一进门看见院里有一棵高大的梧桐,里面是个天井,四面楼房。是晚下榻友家,主人以盛馔招待,其中一味就是腊肉腊鱼。我特地到厨房参观,大吃一惊,厨房比客厅宽敞,而且井井有条,一尘不染,房梁上挂着好多鸡鸭鱼肉,下面地上堆了树枝干叶之类,犹在冉冉冒烟。原来腊味之制作最重要的一个步骤就是烟熏。微温的烟熏火燎，日久便把肉类熏得焦黑，但是烟熏的特殊味道都熏进去了。烟从烟囱散去，厨内空气清洁。

腊肉刷洗干净之后，整块地蒸。蒸过再切薄片，再炒一次最好，加青蒜炒，青蒜、绿叶可以用但不宜太多，宜以白的蒜茎为主。加几条红辣椒也很好。在不得青蒜的时候始可以大葱代替。那一晚在湘潭朋友家中吃腊肉，宾主尽欢，喝干了一瓶"温州酒汗"，那是比汾酒稍淡近似贵州茅台的白酒。此后在各处的餐馆吃炒腊肉，都不能和这一次的相比。而腊鱼之美乃在腊肉之上。一饮一啄，莫非前定。

生炒鳝鱼丝

鳝为我国特产。正写是鱓，鳝为俗字。一名曰鮰。《山海经·北山经》："姑灌之山，湖灌之水出焉，其中多鮰。"鳝鱼各地皆有生产，腹作黄色，故曰黄鳝，浅水泥塘以至稻田，到处都有。

鳝鱼的样子有些可怕，像蛇，像水蛇，遍体无鳞，而又浑身裹着一层黏液，滑溜溜的，因此有人怕吃它。我小时看厨师宰鳝鱼，印象深刻。鳝鱼是放在院中大水缸里的，鳝鱼一条条在水中直立，探头到水面吸空气，抓它很容易，手到擒来。因为它黏，所以要用抹布裹着它才能抓得牢。用一根大铁钉把鳝鱼头部仰着钉牢在砧板上，然后顺着它的肚皮用尖刀直划，取出脏腑，再取出脊骨，皮上黏液当然要用盐搓掉。血淋淋的一道杀宰手续，看得人心惊胆战。

《颜氏家训·归心》："江陵刘氏，以卖鳝羹为业，后生一子，头是鳝，以下方为人耳。"莲池大师《放生文》注："杭州湖墅于氏者，有邻家被盗，女送鳝鱼十尾，为母问安，畜瓮中，忘之矣。一夕，梦黄衣尖帽者十人，长跪乞命，觉而疑之，卜诸术人，曰：

'当有生求放耳。'遍索室内，则瓮有巨鳝在焉，数之正十，大惊，放之，时万历九年事也。"信有因果之说，遂作放生之论。但是美味所在，放者自放，吃者自吃。

在北方只有河南餐馆卖鳝鱼。山东馆没有这一项。食客到山东馆子点鳝鱼，是外行。河南馆做鳝鱼，我最欣赏的是生炒鳝鱼丝。鳝鱼切丝，一两寸长，猪油旺火爆炒，加进少许芫荽，加盐，不须其他任何配料。这样炒出来的鳝鱼，肉是白的，微有脆意，极可口，不失鳝鱼本味。另一做法是黄焖鳝鱼段，切成四方块，加一大把整的蒜瓣进去，加酱油，焖烂，汁要浓。这样做出来的鳝鱼是酥软的，另有风味。

淮扬馆子也善做鳝鱼，其中"炝虎尾"一色极为佳美。把鳝鱼切成四五寸长的宽条，像老虎尾巴一样，上略宽，下尖细，如果全是截自鳝鱼尾巴，则更妙。以沸汤煮熟之后即捞起，一条条的在碗内排列整齐，浇上预先备好麻油酱油料酒的汤汁，冷却后，再撒上大量的捣碎了的蒜（不是蒜泥）。宜冷食。样子有一点吓人，但是味美。至于炒鳝糊，或加粉丝垫底名之为软兜带粉。那鳝鱼虽名为炒，却不是生炒，是煮熟之后再炒，已经十分油腻。上桌之后侍者还要手持一只又黑又脏的搪瓷碗（希望不是漱口杯），浇上一股子沸开的油，嗞啦一声，油直冒泡，然后就有热心人用筷子乱搅拌一阵，还有热心人猛撒胡椒粉。那鳝鱼当中时常羼上大量笋丝、茭白丝之类，有喧宾夺主之势。遇到这种场面，就不能不令人怀念生炒鳝鱼丝了。在万华吃海鲜，有一家招牌大书生炒鳝鱼丝，实际上还是熟炒。我曾问过一家北方名馆主人，为什么不试做生炒鳝丝，他说此地没有又粗又壮的巨鳝,切不出丝。也许他说得对,在市场里是很难遇到够尺寸的黄鳝。

江浙的爆鳝过桥面,令我怀想不置。爆鳝是炸过的鳝鱼条,然后用酱油焖,加相当多的糖。这种爆鳝,非常香脆,以半碟下酒,另半碟连汁倒在面上,香极了。

所说某处有所谓全鳝席,我没有见过这种场面。想来原则上和全鸭席差不多,以各种不同的方式取胜。全鸭席我是见过的——拌鸭掌、糟鸭片、烩鸭条、糟蒸鸭肝、烩鸭胰、黄焖鸭块、姜芽炒鸭片、烩鸭舌,最后是挂炉烧鸭。全鳝席当然也是类似的做法。这是噱头,知味者恐怕未必以为然,因为吃东西如配方,也要君臣佐使,搭配平衡。

芙蓉鸡片

在北平，芙蓉鸡片是东兴楼的拿手菜。请先说说东兴楼。东兴楼在东华门大街路北，名为楼其实是平房，三进又两个跨院，房子不算大，可是间架特高，简直不成比例，据说其间还有个故事。当初兴建的时候，一切木料都已购妥，原是预备建筑楼房的，经人指点，靠近皇城根儿盖楼房有窥视大内的嫌疑，罪不在小，于是利用已有的木材改造平房，间架特高了。据说东兴楼的厨师来自御膳房，所以烹调颇有一手，这已不可考。其手艺属于烟台一派，格调很高。在北京山东馆子里，东兴楼无疑地当首屈一指。

一九二六年夏，时昭瀛自美国回来，要设筵邀请同学一叙，央我提调，我即建议席设东兴楼。彼时燕翅席一桌不过十六元，小学教师月薪仅三十余元，昭瀛坚持要三十元一桌。我到东兴楼吃饭，顺便订席。柜上闻言一惊，曰："十六元足矣，何必多费？"我不听。开筵之日，珍馐杂陈，丰美自不待言。最满意者，其酒特佳。我吩咐茶房打电话到长发叫酒，茶房说不必了，柜上已经备好。原来柜上藏有花雕埋在地下已逾十年，取出一坛，羼以新酒，斟在大口浅底的细瓷酒碗里，色泽光润，醇香扑鼻，生平品酒此为第一。似此佳酿，酒店所无。而其开价并不特昂，专为留待嘉宾。当年北京大馆风范如此。与宴者吴文藻、谢冰心、瞿菊农、谢奋程、孙国华等。

北京饭馆跑堂都是训练有素的老手。剥蒜剥葱剥虾仁的小利巴，熬到独当一面的跑堂，至少要到三十岁左右的光景。对待客人，亲切周到而有分寸。在这一方面东兴楼规矩特严。我幼时侍先君饮于东兴楼，因上菜稍慢，我用牙箸在盘碗的沿上轻轻敲了叮当两响，先君急止我曰："千万不可敲盘碗作响，这是外乡客粗鲁的表现。你可以高声喊人，但是敲盘碗表示你要掀桌子。在这里，若是被柜上听到，就会立刻有人出面赔不是，而且那位当值的跑堂就要卷铺盖，真个的卷铺盖，有人把门帘高高掀起，让你亲见那个跑堂扛着铺盖卷儿从你门前急驰而过。不过这是表演性质，等一下他会从后门又转回来的。"跑堂待客要殷勤，客也要有相当的风度。

现在说到芙蓉鸡片。芙蓉大概是蛋白的意思，原因不明，"芙蓉虾仁""芙蓉干贝""芙蓉青蛤"皆曰芙蓉。料想是忌讳"蛋"字。取鸡胸肉，细切细斩，使成泥。然后以蛋白搅和之，搅到融和成为一体，略无渣滓，入温油锅中摊成一片片状。片要大而薄，薄而不碎，熟而不焦。起锅时加嫩豆苗数茎，取其翠绿之色以为点缀。如洒上数滴鸡油，亦甚佳妙。制作过程简单，但是在火候上恰到好处则见功夫。东兴楼的菜概用中小盘，菜仅盖满碟心，与湘菜馆之长箸大盘迥异其趣。或病其量过小，殊不知美食者不必是饕餮客。

抗战期间,东兴楼被日寇盘踞为队部。胜利后我返回故都,据闻东兴楼移帅府园营业,访问之后大失所望。盖已名存实亡,无复当年手艺。菜用大盘,粗劣庸俗。

八宝饭

席终一道甜菜八宝饭通常是广受欢迎的,不过够标准的不多见。其实做法简单,只有一个秘诀——不惜工本。

八宝饭主要的是糯米。糯米要烂,越烂越好,而糯米不易蒸烂。所以事先要把糯米煮过,至少要煮成八分烂。这是最关重要的一点。

所谓"八宝"并没有一定。莲子是不可少的。莲子也不易烂,有的莲子永远烂不了,所以要选容易烂的莲子,也要事先煮得八分烂。莲子不妨多。

桂圆肉不可或缺。台湾盛产桂圆,且有剥好了的桂圆肉可买。

美国的葡萄干,白的红的都可以用,兼备二种更好。

银杏,即白果,剥了皮,煮一下,去其苦味。

红枣可以用,不宜多,因为带皮带核,吐起来麻烦。美国的干李子(prune),黑黑大大的,不妨用几个。

豆沙一大碗当然要早做好。

如果有红丝、青丝，做装饰也不错。

以上配料预备好，取较浅的大碗一只，抹上一层油，防其粘碗。把莲子、桂圆肉等一圈圈地铺在碗底，或一瓣瓣地铺在碗底，然后轻轻地放进糯米，再填入豆沙，填得平平的一大碗，上笼去蒸。蒸的时间不妨长，使碗里的东西充分松软膨胀，凝为一体。上桌的时候，取大盘一只，把碗里的东西翻扣在大盘里，浇上稀释的冰糖汁，表面上再放几颗罐头的红樱桃，就更好看了。

八宝饭是甜点心，但不宜太甜，所以豆沙里、糯米里不宜加糖太多。豆沙、糯米里可以拌上一点猪油，但不宜多，多了太腻。

从前八宝饭上桌，先端上两小碗白水，供大家洗匙，实在恶劣。现在多是每人一份小碗小匙，体面得多。如果大盘八宝饭再备两个大羹匙，大家共用，就更好了。有人喜欢在取食之前先把八宝饭搅和一阵，像是拌搅水泥一般，也大可不必。若是舍大匙而不用，用小匙直接取食，再把小匙直接放在口里舔，那一副吃相就令人不敢恭维了。

狮子头

狮子头,扬州名菜。大概是取其形似,而又相当大,故名。北方饭庄称之为"四喜丸子",因为一盘四个。北方做法不及扬州狮子头远甚。

我的同学王化成先生,扬州人,幼失恃,赖姑氏扶养成人,姑善烹调,化成耳濡目染,亦通调和鼎鼐之道。化成官外交部多年,后外放葡萄牙公使历时甚久,终于任上。他公余之暇,常亲操刀俎,以娱嘉宾。狮子头为其拿手杰作之一,曾以制作方法见告。

狮子头人人会做,巧妙各有不同。化成教我的方法是这样的——

首先取材要精。细嫩猪肉一大块,七分瘦三分肥,不可有些许筋络纠结于其间。切割之际最要注意,不可切得七歪八斜,亦不可剁成碎泥,其秘诀是"多切少斩"。挨着刀切成碎丁,越碎越好,然后略为斩剁。

次一步骤也很重要。肉里不羼芡粉,容易碎散;加了芡粉,黏糊糊的不是味道。所以调好芡粉要抹在两个手掌上，然后捏搓肉末成四个丸子，这样丸子外表便自然糊上了一层芡粉，而里面没有。把丸子微微按扁，下油锅炸，以丸子表面紧绷微黄为度。

再下一步是蒸。碗里先放一层转刀块冬笋垫底，再不然就横切黄芽白作墩形数个也好。把炸过的丸子轻轻放在碗里，大火蒸一个钟头以上。揭开锅盖一看，浮着满碗的油，用大匙把油撇去，或用大吸管吸去，使碗里不见一滴油。

这样的狮子头，不能用筷子夹，要用羹匙舀，其嫩有如豆腐。肉里要加葱汁、姜汁、盐。愿意加海参、虾仁、荸荠、香蕈，各随其便，不过也要切碎。

狮子头是雅舍食谱中重要的一色。最能欣赏的是当年在北碚的编译馆同仁萧毅武先生，他初学英语，称之为"莱阳海带"，见之辄眉飞色舞。化成客死异乡，墓木早拱矣，思之怃然！

辑二
半日读书，半日静坐

人生到了一个境界，读书不是为了应付外界需求，不是为人，是为己，是为了充实自己，使自己成为一个明白事理的人，使自己的生活充实而有意义。

漫谈读书

于一般人而言,最简便的修养方法还是读书。

我们现代人读书真是幸福。古者"著于竹帛谓之书",竹就是竹简,帛就是缣素。书是希罕而珍贵的东西。一个人若能垂于竹帛,便可以不朽。孔子晚年读《易》,韦编三绝,用韧皮贯联竹简,翻来翻去以至于韧皮都断了,那时候读书多么吃力!后来有了纸,有了毛笔,书的制作比较方便,但在印刷之术未行以前,书的流传完全是靠抄写。我们看看唐人写经,以及许多古书的钞本,可以知道一本书得来非易。自从有了印刷术,刻版、活字、石印、影印,乃至于显微胶片,读书的方便无以复加。

物以稀为贵。但是书究竟不是普通的货物。书是人类的智慧的结晶,经验的宝藏,所以尽管如今满坑满谷的都是书,书的价值不是用金钱可以衡量的。价廉未必货色差,畅销未必内容好。书的价值在于其内容的精到。宋太宗每天读《太平御览》等书二卷,漏了一天则以后追补。他说:"开卷有益,朕不以为劳也。"这是"开卷有益"一语之由来。《太平御览》采集群书一千六百余种，分为五十五门，历代典籍尽萃于是，宋太宗日理万机之暇日览两卷，当然可以说是"开卷有益"。如今我们的书太多了，纵不说粗制滥造，至少是种类繁多，接触的方面甚广。我们读书要有抉择，否则不但无益而且浪费时间。

那么读什么书呢？这就要看各人的兴趣和需要。在学校里，如果能在教师里遇到一两位有学问的，那是最幸运的事，他能适当地指点我们读书的门径。离开学校就只有靠自己了。读书，永远不恨其晚。晚，比永远不读强。有一个原则也许是值得考虑的：作为一个道地的中国人，有些部书是非读不可的。这与行业无关，理工科的、财经界的、文法门的，都需要读一些蔚成中国文化传统的书。经书当然是其中重要的一部分，史书也一样的重要。盲目的读经不可以提倡，意义模糊的所谓"国学"亦不能餍现代人之望。一系列的古书是我们应该以现代眼光去了解的。

黄山谷说："人不读书，则尘俗生其间，照镜则面目可憎，对人则语言无味。"细味其言，觉得似有道理。事实上，我们所看到的人，确实是面目可憎语言无味的居多。我曾思索，其中因果关系安在？何以不读书便面目可憎语言无味？我想也许是因为读书等于是尚友古人，而且那些古人著书立说必定是一时才俊，与古人游不知不觉受其熏染，终乃收改变气质之功，境界既高，胸襟既广，脸上自然透露出一股清醇爽朗之气，无以名之，名之曰书卷气。同时在谈吐上也自然高远不俗。反过来说，人不读书，则所为何事，大概是陷身于世网尘劳，困厄于名缰利锁，五烧六蔽，苦恼烦心，自然面目可憎,焉能语言有味?

当然,改变气质不一定要靠读书。例如,艺术家就另有一种修为。"伯牙学琴于成连先生,三年不成……成连云吾师方子春今在东海中,能移人情。乃与伯牙俱往,至蓬莱山,留宿伯牙,曰:'子居习之,吾将迎师。'刺船而去,旬时不返。伯牙近望无人,但闻海水汩滑崩折之声,山林窅寞,群鸟悲号,怆然而叹曰:'先生将移我情。'乃援琴而歌,曲终,成连回刺船迎之而返。伯牙遂为天下妙矣。"这一段记载,写音乐家之被自然改变气质,虽然神秘,不是不可理解的。禅宗教外别传,根本不立文字,靠了顿悟即能明心见性。这究竟是生有异禀的人之超绝的成就。以我们一般人而言,最简便的修养方法还是读书。

书,本身就有情趣,可爱,大大小小形形色色的书,立在架上,放在案头,摆在枕边,无往而不宜。好的版本尤其可喜。我对线装书有一分偏爱。吴稚晖先生曾主张把线装书一律丢在茅厕坑里,这偏激之言令人听了不大舒服。如果一定要丢在茅厕坑里,我丢洋装书,舍不得丢线装书。可惜现在线装书很少见了,就像穿长袍的人一样的稀罕。几十年前我搜求杜诗版本,看到古逸丛书影印宋版蔡孟弼《草堂诗笺》,真是爱玩不忍释手,想见原本之版面大,刻字精,其纸张墨色亦均属上选。在校勘上笺注上此书不见得有多少价值,可是这部书本身确是无上的艺术品。

读书苦？读书乐？

从开蒙说起

读书苦？读书乐？一言难尽。

从前读书自识字起。开蒙时首先是念字号，方块纸上写大字，一天读三、五个，慢慢增加到十来个，先是由父母手写，后来书局也有印制成盒的，背面还往往有画图，名曰看图识字。小孩子淘气。谁肯沉下心来一遍一遍的认识那几个单字？若不是靠父母的抚慰，甚至糖果的奖诱，我想孩子开始识字时不会有多大的乐趣。

光是认字还不够，需要练习写字，于是以描红模子开始，"上大人，孔乙己，化三千……"再不就是"一去二三里，烟村四五家，亭台六七座，八九十枝花"，或是"王子去求仙，丹成上九天，洞中才一日，世上几千年"。手搦毛笔管，硬是不听使唤，若不是先由父母把着小手写，多半就会描出一串串的大黑猪。事实上，没有一次写字不曾打翻墨盒砚台弄得满手乌黑，狼藉不堪。稍后写小楷,白折子乌丝栏,写上三五行就觉得很吃力。大致说来,写字还算是愉快的事。

进过私塾或从"人、手、足、刀、尺"读过初小教科书的人,对于体罚一事大概不觉陌生。念背打三部曲,是我们传统的教学法。一目十行而能牢记于心,那是天才的行径。普通智商的儿童,非打是很难背诵如流的。英国十八世纪的约翰孙博士就赞成体罚,他说那是最直截了当的教学法,颇合于我们所谓"扑作教刑"之意。私塾老师大概都爱抽旱烟,一二尺长的旱烟袋总是随时不离手的,那烟袋锅子最可怕,白铜制,如果孩子背书疙疙瘩瘩的上气不接下气,当心那烟袋锅子敲在脑袋壳上,砰的一声就是一个大包。谁疼谁知道。小学教室讲台桌子抽屉里通常藏有戒尺一条,古所谓榎楚,也就是竹板一块,打在手掌上其声清脆,感觉是又热又辣又麻又疼。早年的孩子没尝过打手板的滋味的大概不太多。如今体罚悬为禁例,偶一为之便会成为新闻。现代的孩子比较有福了。

从前的孩子认字,全凭记忆,记不住便要硬打进去。如今的孩子读书,开端第一册是先学注音符号,这是一大改革。本来是,先有语言,后有文字。我们的文字不是拼音的,虽然其中一部分是形声字,究竟无法看字即能读出声音,或是发音即能写出文字。注音符号(比反切高明多了)是帮助把语言文字合而为一的一种工具,对于儿童读书实在是无比的方便。我们中国的文字不是没有严密的体系,所谓六书即是一套提纲挈领的理论,虽然号称"小学",小学生谁能理解其中的道理?《说文解字》五百四十个部首就会使得人晕头转向。章太炎编了一个《部首歌》,"一、上、三、示、王、珏……"煞费苦心，谁能背得上来？陈独秀编了一部《小学识字读本》（台湾印行改名为"文字新诠"），是文字学方面一部杰出的大作，但是显然不是适合小学识字的读本。我们中国的语言文字，说难不难，说易不易，高本汉说过这样一段话：

北京语实在是一种最可怜的方言，总共只有四百二十个音缀；普通的语词不下有四千个，这四千多个的语词，统须支配于四百二十个音缀当中。同音语词的增进，使听受者受了极大的困难，于此也可以想见了……（见《中国语与中国文》）

这是外国人对外国人所说的话，我们中国儿童国语娴熟，四声准确，并不觉得北京语"可怜"。我们的困难不在语言，在语言与文字之间的不易沟通。所以读书从注音符号开始，这方法是绝对正确的。《三字经》《百家姓》《千字文》是旧式的启蒙的教材。《百家姓》有其实用价值，对初学并不相宜，且置勿论。《三字经》《千字文》都编得不错，内容丰富妥当，而且文字简练，应该是很好的教材，所以直到今日还有人怀念这两部匠心独运的著作，但是对于儿童并不相宜。孩子懂得什么"人之初，性本善""天地玄黄，宇宙洪荒"？民国初年，我在北平陶氏学堂读过一个时期的小学，记得国文一课是由老师领头高吟"击鼓其镗，踊跃用兵，土国城漕，我独南行……"，全班一遍遍的循声朗诵，老师喉咙干了，就指派一个学生（班长之类）代表他领头高吟。朗诵一个小时，下课。好多首诗经作品就是这样的注入我的记忆，可是过了五六十年之后自己摸索才略知那几首诗的大意。小时候多少时间都浪费掉了。教我读《诗经》的那位老师的姓名已不记得，他那副不讨人敬爱的音容道貌至今不能忘！

新式的语文教科书顾及儿童心理及生活环境，读起来自然较有趣味。民初的国文教科书，"一人二手，开门见山，山高日小，水落石出……""一老人，入市中，买鱼两尾，步行回家……"这一类课文还多少带有一点文言的味道。后来仿效西人的作风，就有了"小猫叫，小狗跳……"一类的句子，为某些人所诟病。其实孩子喜欢小动物，由此而入读书识字之门，亦无可厚非。抗战初期我曾负责主编一套中小学教科书，深知其中艰苦，大概越是初级的越是难于编写，因为牵涉到儿童心理与教学方法。现在台湾使用的国立编译馆编印的中小学教科书，无论在内容上或印刷上较前都日益进步，学生面对这样的教科书至少应该不至于望而生畏。

纪律与兴趣

高中与大学一二年级是读书求学一个很重要的阶段。现在所谓"读书"，和从前所谓"读圣贤书"意义不同，所读之书范围较广，学有各门各科，书有各种各类。但是国、英、算是基本学科，这三门不读好，以后荆棘丛生，一无是处。而这三门课，全无速成之方，必须按部就班，耐着性子苦熬。读书是一种纪律，谈不到什么兴趣。

梁启超先生是我所敬仰的一位学者，他的一篇《学问与趣味》

广受大众欢迎，很多人读书全凭兴趣，无形中受了此文的影响。我也是他所影响到的一个。我在清华读书，窃自比附于"少小爱文辞"之列，对于数学不屑一顾，以为性情不近，自甘暴弃，勉强及格而已。留学国外，学校当局强迫我补修立体几何及三角二课。我这才知道发愤补修。可巧我所遇到的数学老师，是真正循循善诱的一个人，他讲解一条定律一项原理，不厌其详，远譬近喻的要学生彻底理解而后已。因此我在这两门课中居然培养出兴趣，得到优异的成绩，蒙准免予参加期终考试。我举这一个例，为的说明一件事，吾人读书上课，无所谓性情近与不近，无所谓有无兴趣。读书上课就是纪律，越是自己不喜欢的学科，越要加倍鞭策自己努力钻研。克制自己欲望的这一套功夫，要从小时候开始锻炼。读书求学，自有一条正路可循，由不得自己任性。梁启超先生所倡导趣味之说，是对有志研究学问的人士说教，不是对读书求学的青年致词。

一般人称大学为最高学府，易令人滋生误解，大学只是又一个读书求学的阶段，直到毕业之日才可称之为做学问的"开始"。大学仍然是一个准备阶段，大学所讲授的仍然是基本知识。所以大学生在读书方面没有多少选择的自由，凡是课程规定的，以及教师指定的读物是必须读的。青年人常有反抗的心理，越是规定必须读的，越是不愿去读，宁愿自己去海阔天空的穷搜冥讨。到头来是枉费精力自己吃亏，五四时代我还是个学生，求知欲很盛，反抗的情绪很强，亦曾有志于读书而不知所从。张之洞的《书目答问》不足以餍所望。有一天几个同学和我以《清华周刊》记者的名义进城去就教于北大的胡适之先生，胡先生慨允为我们开一个最低的国学必读书目，后来就发表在《清华周刊》上。内容非常充实，名为最低，实则庞大得惊人。梁启超先生看到了，凭他渊博的学识开了一个更详尽的书目。没有人能按图索骥地去读，能约略翻阅一遍认识其中较重要的人名书名就很不错了。吴稚晖先生看到这两个书目，气得发出一切线装书都该丢进茅坑里去的名言！现在想想，我们当时惹出来的这个书目风波，倒也不是什么坏事，只是好高骛远不切实际罢了。我们的举动表示我们不肯枯守学校规定的读书纪律，而对于更广泛更自由的读书的要求开始展露了天真的兴趣。

书到用时方恨少

我到三十岁左右开始以教书为业的时候，发现自己学识不足，读书太少，应该确有把握的题目东一个窟窿西一个缺口，自己没有全部搞通，如何可以教人？既已荒疏于前，只好恶补于后，而恶补亦非易易。我忘记是谁写的一副对联："书有未曾经我读，事无不可对人言！"很有意思，下句好像是左宗棠的，上句不知是谁的。这副对联表面上语气很谦逊，细味之则自视甚高。以上句而论，天下之书浩如烟海，当然无法遍读，而居然发现自己尚有未曾读过之书，则其已经读过之书必已不在少数，这口气何等狂傲！我爱这句话，不是因为我也感染了几分狂傲，而是因为我确实知道自己的谫陋，许多该读而未读的书太多，故此时时记挂着这句名言，勉励自己用功。

我自三十岁才知道自动的读书恶补。恶补之道首要的是先开列书目,何者宜优先研读,何者宜稍加参阅,版本问题也是非常重要。此时我因兼任一个大学的图书馆长,一切均在草创,经费甚为充足,除了国文系以外各系申请购书并不踊跃,我乃利用机会在英国文学图书方面广事购储。标准版本的重要典籍以及参考用书乃大致齐全。有了书并不等于问题解决,要逐步一本一本的看。我哪里有充分时间读书?我当时最羡慕英国诗人米尔顿,他在大学卒业之后听从他父亲的安排到郝尔顿乡下别墅下帷读书五年之久,大有董仲舒三年不窥园之概,然后他才出而问世。我的父亲也曾经对我有过类似的愿望,愿我苦读几年书,但是格于环境,事与愿违。我一面教书,一面恶补有关的图书,真所谓是困而后学。例如莎士比亚剧本,我当时熟悉的不超过三分之一,例如米尔顿,我只读过前六卷。这重大的缺失,以后才得慢慢弥补过来。至于国学方面更是多少年茫然不知如何下手。

读书乐

读书好像是苦事,小时嬉戏,谁爱读书?既读书,还要经过无数次的考试,面临威胁,担惊害怕。长大就业之后,不想奋发精进则已,否则仍然要继续读书。我从前认识一位银行家,镇日价筹画盈虚,但是他床头摆着一套英译《法朗士全集》,每晚翻阅几页,日久读毕全书,引以为乐。宦场中、商场中有不少可敬的人物,品味很高,嗜读不倦,可见到处都有读书种子,以读书为乐,并非全是只知道争权夺利之辈。我们中国自古就重视读书，据说秦始皇日读一百二十斤重的竹简公文才就寝。《鹤林玉露》载："唐张参为国子司业，手写九经，每言读书不如写书。高宗以万乘之尊，万畿之繁，乃亦亲洒宸翰，遍写九经，云章烂然，始终如一，自古帝王所未有也。"从前没有印刷的时候讲究抄书，抄书一遍比读书一遍还要受用。如今印刷发达，得书容易，又有缩印影印之术，无辗转抄写之烦，读书之乐乃大为增加。想想从前所谓"学富五车"，是指以牛车载竹简，仅等于今之十万字弱。纪元前一千年以羊皮纸抄写一部《圣经》需要三百只羊皮！那时候图书馆里的书是用铁链锁在桌上的！《听雨纪谈》有一段话：

> 苏文忠公作《李氏山房藏书记》曰："予犹及见老儒先生言其少时，《史记》《汉书》皆手自书，日夜诵读，惟恐不及。近岁，诸子百家，转相摹刻，学者之于书，多且易致其文辞学术当培莛昔人。而后学之士皆束书不观，游谈无根。"苏公此言切中今时学者之病，盖古人书籍既少，凡有藏者率皆手录。盖以其得之之难故，其读亦不苟。到唐世始有版刻，至宋而益盛，虽云便于学者，然以其得之之易，遂有蓄之而不读，或读之而不灭裂，则以有板刻之故。无怪乎今之不如古也。

其言虽似言之成理，但其结论今不如古则非事实。今日书多易得，有便于学子，读书之乐岂古人之所能想象。今之读书人所面临之一大问题乃图书之选择。开卷有益，实未必然，即有益之书其价值亦大有差别,罗斯金说得好:"所有的书可分为两大类:风行一时的书与永久不朽的书。"我们的时间有限,读书当有选择。各人志趣不同,当读之书自然亦异,惟有一共同标准可适用于我们全体国人。凡是中国人皆应熟读我国之经典,如《诗》《书》《礼》,以及《论语》《孟子》,再如《春秋左氏传》《史记》《汉书》以及《资治通鉴》或近人所著通史,这都是我国传统文化之所寄。如谓文字艰深,则多有今注今译之版本在。其他如子集之类,则各随所愿。

人生苦短,而应读之书太多。人生到了一个境界,读书不是为了应付外界需求,不是为人,是为己,是为了充实自己,使自己成为一个明白事理的人,使自己的生活充实而有意义。吾故曰:读书乐。我想起英国十八世纪诗人一句诗:

Stuff the head with all such reading as was never read.

大意是:"把从未读过的书籍,赶快塞进脑袋里去。"

学问与趣味

  前辈的学者常以学问的趣味启迪后生,因为他们自己实在是得到了学问的趣味,故不惜现身说法,诱导后学,使他们在愉快的心情之下走进学问的大门。例如,梁任公先生就说过:"我是个主张趣味主义的人,倘若用化学化分'梁启超'这件东西,把里头所含一种元素名叫'趣味'的抽出来,只怕所剩下的仅有个零了。"任公先生注重趣味,学问甚是渊博,而并不存有任何外在的动机,只是"无所为而为",故能有他那样的成就。一个人在学问上果能感觉到趣味,有时真会像是着了魔一般,真能废寝忘食,真能不知老之将至,苦苦钻研,锲而不舍,在学问上焉能不有收获?不过我尝想,以任公先生而论,他后期的著述如《历史研究法》《先秦政治思想史》,以及有关墨子、佛学、陶渊明的作品,都可说是他的一点"趣味"在驱使着他;可是他在年轻的时候,从师授业,诵读典籍,那时节也全然是趣味么?作八股文,做试帖诗,莫非也是趣味么?我想未必。大概趣味云云,是指年长之后自动做学问之时而言，在年轻时候为学问打根底之际，恐怕不能过分重视趣味。学问没有根底，趣味也很难滋生。任公先生的学问之所以那样的博大精深，涉笔成趣，左右逢源，不能不说一大部分得力于他的学问根底之打得坚固。

我曾见许多年轻的朋友，聪明用功，成绩优异，而语文程度不足以达意，甚至写一封信亦难得通顺，问其故，则曰其兴趣不在语文方面。又有一些位，执笔为文，斐然可诵，而视数理科目如仇雠，勉强才能及格，问其故，则亦曰其兴趣不在数理方面，而且他们觉得某些科目没有趣味，便撇在一旁视如敝屣，怡然自得，振振有词，面无愧色，好像这就是发扬趣味主义。殊不知天下没有没有趣味的学问，端视吾人如何发掘其趣味。如果在良师指导之下按部就班地循序而进，一步一步地发现新天地，当然乐在其中；如果浅尝辄止，甚至躐等躁进，当然味同嚼蜡，自讨没趣。一个有中上天资的人，对于普通的基本的文理科目，都同样的有学习的能力，绝不会本能的长于此而拙于彼。只有懒惰与任性，才能使一个人自甘暴弃的在"趣味"的掩护之下败退。

自小学到中学，所修习的无非是一些普通的基本知识。就是大学四年，所授课业也还是相当粗浅的学识。世人常称大学为"最高学府"，这名称易滋误解，好像过此以上即无学问可言。大学的研究所才是初步研究学问的所在，在这里做学问也只能算是粗涉藩篱，注重的是研究学问的方法与实习。学无止境，一生的时间都嫌太短，所以古人皓首穷经，头发白了还是在继续研究，不过在这样的研究中确是有浓厚的趣味。

在初学的阶段，由小学到大学，我们与其倡言趣味，不如偏重纪律。一个合理编列的课程表，犹如一个营养均衡的食谱，里面各个项目都是有益而必需的，不可偏废，不可再有选择。所谓选修科目也只是在某一范围内略有拣选余地而已。一个受过良好教育的人，犹如一个科班出身的戏剧演员，在作科的时候他是要服从严格纪律的，唱功、做工、武把子都要认真学习，各种角色的戏要完全谙通，学成之后才能各按其趣味而单独发展其所长。学问要有根底，根底要打得平正坚实，以后永远受用。初学阶段的科目之最重要的莫过于语文与数学。语文是阅读达意的工具，国文不通便很难表达自己，外国文不通便很难吸取外来的新知。数学是思想条理之最好的训练。其他科目也是各有各的用处，其重要性很难强分轩轾，例如体育，从另一方面看也是重要得无以复加。总之，我们在求学时代，应该暂且把趣味放在一边，耐着性子接受教育的纪律，把自己锻炼成为坚实的材料。学问的趣味，留在将来慢慢享受一点也不迟。

好书谈

从前有一个朋友说,世界上的好书,他已经读尽,似乎再没有什么好书可看了。当时许多别的朋友不以为然,而较长一些的朋友就更以为狂妄。现在想想,却也有些道理。

世界上的好书本来不多,除非爱书成癖的人(那就像抽鸦片抽上瘾一样的),真正心悦诚服地手不释卷,实在有些稀奇。还有一件最令人气短的事,就是许多最伟大的作家往往没有什么凭借,但却做了后来二三流的人的精神上的财源了。柏拉图、孔子、屈原,他们一点一滴,都是人类的至宝,可是要问他们从谁学来的,或者读什么人的书而成就如此,恐怕就是最善于说谎的考据家也束手无策。这事有点儿怪!难道真正伟大的作家,读书不读书没有什么关系么?读好书或读坏书也没有什么影响吗?

叔本华曾经说好读书的人就好像惯于坐车的人,久而久之,就不能在思想上迈步了。这真唤醒人的迷梦不小!小说家瓦塞曼竟又说过这样的话,认为倘若为了要鼓起创作的勇气,只有读二流的作品。因为在读二流的作品的时候，他可以觉得只要自己一动手就准强。倘读第一流的作品却往往叫人减却了下笔的胆量。这话也不能说没有部分的真理。

也许世界上天生有种人是作家，有种人是读者。这就像天生有种人是演员，有种人是观众；有种人是名厨，有种人却是所谓"老饕"。演员是不是十分热心看别人的戏，名厨是不是爱尝别人的菜，我也许不能十分确切地肯定，但我见过一些作家，却确乎不大爱看别人的作品。如果是同时代的人，更如果是和自己的名气不相上下的人，大概尤其不愿意寓目。我见过一个名小说家，他的桌上空空如也，架上仅有的几本书是他自己的新著，以及自己所编过的期刊。我也曾见过一个名诗人（新诗人），他的惟一读物是《唐诗三百首》，而且在他也尽有多余之感了。这也不一定只是由于高傲，如果分析起来，也许是比高傲还复杂的一种心理。照我想，也许是真像厨子（哪怕是名厨），天天看见油锅油勺，就腻了。除非自己逼不得已而下厨房，大概再不愿意去接触这些家伙，甚而不愿意见一些使他可以联想到这些家伙的物事。职业的辛酸，也有时是外人不晓得的。唐代的阎立本不是不愿意自己的儿子再做画师吗？以教书为生活的人，也往往看见别人在声嘶力竭地讲授，就会想到自己，于是觉得"惨不忍闻"。做文章更是一桩呕心血的事，成功失败都要有一番产痛，大概因此之故不忍读他人的作品了。

撇开这些不说，站在一个纯粹读者的角度而论，却委实有好书不多的实感。分量多的书，糟粕也就多。读读杜甫的选集十分快意，虽然有些佳作也许漏过了选者的眼光。读全集怎么样？叫人头痛的作品依然不少。据说有把全集背诵一字不遗的人,我想这种人不是缺乏美感,就只是为了训练记忆。顶讨厌的集子更无过于陆放翁,分量那么大。而佳作却真寥若晨星。反过来,《古诗十九首》、郭璞《游仙诗》十四首却不能不叫人公认为人类的珍珠宝石。钱锺书的小说里曾说到一个产量大的作家,在房屋恐慌中,忽然得到一个新居,满心高兴,谁知一打听,才知道是由于自己的著作汗牛充栋的结果,把自己原来的房子压塌,而一直落在地狱里了。这话诚然有点刻薄,但也许对于像陆放翁那样不知趣的笨伯有一点点儿益处。

古今来的好书,假若让我挑选,我举不出十部。而且因为年龄、环境的不同,也不免随时有些更易。单就目前论,我想是《柏拉图对话录》《论语》《史记》《世说新语》《水浒传》《庄子》《韩非子》,如此而已。其他的书名,我就有些踌躇了。或者有人问,你自己的著作可以不可以列上?我很悲哀,我只有毫不踌躇地放弃附骥之想了。一个人有勇气(无论是糊涂或欺骗)是可爱的,可惜我不能像上海某名画家,出了一套世界名画选集,却只有第一本,那就是他自己的"杰作"!

书房

书房,多么典雅的一个名词!很容易令人联想到一个书香人家。书香是与铜臭相对待的。其实书未必香,铜亦未必臭。周彝商鼎,古色斑斓,终日摩挲亦不觉其臭,铸成钱币才沾染市侩味,可是不复流通的布帛刀错又常为高人赏玩之资。书之所以为香,大概是指松烟油墨印上了毛边纸,从不大通风的书房里散发出来的那一股怪味,不是桂馥兰薰,也不是霉烂馊臭,是一股混合的难以形容的怪味。这种怪味只有书房里才有,而只有士大夫人家才有书房。书香人家之得名大概是以此。

寒窗之下苦读的学子多半是没有书房,囊萤凿壁的就更不用说。所以对于寒苦的读书人,书房是可望而不可即的豪华神仙世界。伊士珍《琅嬛记》:"张华游于洞宫,遇一人引至一处,别是天地,每室各有奇书,华历观诸室书,皆汉以前事,多所未闻者,问其地,曰:'琅嬛福地也。'"这是一位读书人希求冥想一个理想的读书之所,乃托之于神仙梦境。其实除了赤贫的人饔飧不继谈不到书房外,一般的读书人,如果肯要一个书房,还是可以好好布置出一个来的。有人分出一间房子养来亨鸡,也有人分出一间房子养狗,就是匀不出一间作书房。我还见过一位富有的知识分子,他不但没有书房,也没有书桌,我亲见他的公子趴在地板上读书,他的女公子用块木板在沙发上写字。

一个正常的良好的人家,每个孩子应该拥有一个书桌,主人应该拥有一间书房。书房的用途是皮藏图书并可读书写作于其间,不是用以公开展览藉以骄人的。"丈夫拥有万卷书,何假南面百城!"这种话好像是很潇洒而狂傲,其实是心尚未安无可奈何的解嘲语,徒见其不丈夫。书房不在大,亦不在设备佳,适合自己的需要便是,局促在几尺宽的走廊一角,只要放得下一张书桌,依然可以作为一个读书写作的工厂,大量出货。光线要好,空气要流通,红袖添香是不必要的,既没有香,"素腕举,红袖长"反倒会令人心有别注。书房的大小好坏,和一个读书写作的成绩之多少高低,往往不成正比例。有好多著名作品是在监狱里写的。

我看见过的考究的书房当推宋春舫先生的褐木庐为第一,在青岛的一个小小的山头上,这书房并不与其寓邸相连,是单独的一栋。环境清幽,只有鸟语花香,没有尘嚣市扰。《太平清话》:"李德茂环积坟籍,名曰书城。"我想那书城未必能和褐木庐相比。在这里,所有的图书都是放在玻璃柜里,柜比人高,但不及栋。我记得藏书是以法文戏剧为主。所有的书都精装,不全是buckram(胶硬粗布),有些是真的小牛皮装订(half calf, ooze calf, etc),烫金的字在书脊上排着队闪闪发亮。也许这已经超过了书房的标准,微近于藏书楼的性质，因为他还有一册精印的书目，普通的读书人谁也不会把他书房里的图书编目。

周作人先生在北平八道湾的书房，原名苦雨斋，后改为苦茶庵，不离苦的味道。小小的一幅横额是沈尹默写的。是北平式的平房，书房占据了里院上房三间，两明一暗。里面一间是知堂老人读书写作之处，偶然也延客品茗。几净窗明，一尘不染。书桌上文房四宝井然有致。外面两间像是书库，约有十个八个书架立在中间，图书中西兼备，日文书数量很大。真不明白苦茶庵的老和尚怎么会掉进了泥淖一辈子洗不清！

闻一多的书房，和闻一多先生的书桌一样，充实、有趣而乱。他的书全是中文书，而且几乎全是线装书。在青岛的时候，他仿效青岛大学图书馆庋藏中文图书的办法，给成套的中文书装制蓝布面，用白粉写上宋体字的书名，直立在书架上。这样的装备应该是很整齐可观，但是主人要作考证，东一部西一部的图书便要从书架上取下来参加獭祭的行列了，其结果是短榻上、地板上，惟一的一把木根雕制的太师椅上，全都是书。那把太师椅玲珑邦硬，可以入画，不宜坐人，其实亦不宜于堆书，却是他书斋中最惹眼的一个点缀。

潘光旦在清华南院的书房另有一种情趣。他是以优生学专家的素养来从事我国谱牒学研究的学者，他的书房收藏这类图书极富。他喜欢用书榥，那就是用两块木板将一套书夹起来，立在书架上。他在每套书系上一根竹制的书签，签上写着书名。这种书签实在很别致，不知杜工部《将赴草堂途中有作》所谓"书签药囊封尘网"

的书签是否即系此物。光旦一直在北平,失去了学术研究的自由,晚年丧偶,又复失明,想来他书房中那些书签早已封尘网了!

  汗牛充栋,未必是福。丧乱之中,牛将安觅?多少爱书的人士都把他们苦心聚集的图书抛弃了,而且再也鼓不起勇气重建一个像样的书房。藏书而充栋,确有其必要,例如从前我家有一部小字本的图书集成,摆满上与梁齐的靠着整垛山墙的书架,取上层的书须用梯子,爬上爬下很不方便,可以充栋的书架有时仍是不可少。我来台湾后,一时兴起,兴建了一个连在墙上的大书架,邻居绸缎商来参观,叹曰:"造这样大的木架有什么用,给我摆列绸缎尺头倒还合用。"他的话是不错的。书不能令人致富,书还给人带来麻烦,能像郝隆那样七月七日在太阳底下晒肚子就好,否则不堪衣食之扰,真不如尽量的把图书塞入腹笥,晒起来方便,运起来也方便。如果图书都能做成"显微胶片"纳入腹中,或者放映在脑子里,则书房就成为不必要的了。

影响我的几本书

我喜欢书,也还喜欢读书,但是病懒,大部分时间荒嬉掉了!所以实在没有读过多少书。年届而立,才知道发愤,已经晚了。几经丧乱,席不暇暖,像董仲舒三年不窥园,米尔顿五年隐于乡,那样有良好环境专心读书的故事,我只有艳羡。多少年来所读之书,随缘涉猎,未能专精,故无所成。然亦间有几部书对于我个人为学做人之道不无影响。究竟哪几部书影响较大,我没有思量过,直到八年前有一天邱秀文来访问我,她提出了这么一个问题,她问我所读之书有哪几部使我受益较大。我略为思索,举出七部书以对,略加解释,语焉不详。邱秀文记录得颇为翔实,亏她细心的联缀成篇,并以标题《梁实秋的读书乐》,后来收入她的一个小册《智者群像》,时报文化出版公司出版。最近联副推出一系列文章,都是有关书和读书的,编者要我也插上一脚,并且给我出了一个题目《影响我的几本书》。我当时觉得自己好像是一个考生,遇到考官出了一个我不久以前做过的题目,自以为驾轻就熟,写起来省事,于是色然而喜，欣然应命。题目像是旧的，文字却是新的。这便是我写这篇东西的由来。

第一部影响我的书是《水浒传》。我在十四岁进清华才开始读小说，偷偷地读，因为那时候小说被目为"闲书"，在学校里看小说是悬为厉禁的。但是我禁不住诱惑，偷闲在海甸一家小书铺买到一部《绿牡丹》，密密麻麻的小字光纸石印本，晚上钻在蚊帐里偷看，也许近视眼就是这样养成的。抛卷而眠，翌晨忘记藏起，查房的斋务员在枕下一摸，手到擒来。斋主任陈筱田先生唤我前去应询，瞪着大眼厉声咤问："这是嘛？"（天津话"嘛"就是"什么"）。随后把书往地上一丢，说："去吧！"算是从轻发落，没有处罚，可是我忘不了那被叱责的耻辱。我不怕，继续偷看小说，又看了《肉蒲团》《灯草和尚》《金瓶梅》，等等。这几部小说，并不使我满足，我觉得内容庸俗、粗糙、下流。直到我读到《水浒传》才眼前一亮，觉得这是一部伟大的作品，不愧被金圣叹称之为"第五才子书"，可以和庄、骚、《史记》、杜诗并列。我一读，再读，三读，不忍释手。曾试图默诵一百零八条好汉的姓名绰号，大致不差（并不是每一人物都栩栩如生，精彩的不过五分之一，有人说每一个人物都有特色，那是夸张）。也曾试图搜集香烟盒里（是大联珠还是前门？）一百零八条好汉的图片。这部小说实在令人着迷。

《水浒》作者施耐庵在元末以赐进士出身，生卒年月不详，一生经历我们也不得而知。这没有关系，我们要读的是书。有人说《水浒》作者是罗贯中，根本不是他，这也没有关系，我们要读的是书。《水浒》有七十回本，有一百回本，有一百十五回本，有一百二十回本，问题重重；整个故事是否早先有过演化的历史而逐渐形成的，也很难说；故事是北宋淮安大盗一伙人在山东寿张县梁山泊聚义的经过，有多大部分与历史符合有待考证。凡此种种都不是顶重要的事。《水浒传》的主题是"官逼民反，替天行道"。一个个好汉直接间接的吃了官的苦头，有苦无处诉，于是铤而走险，逼上梁山，不是贪图山上的大碗酒大块肉。官，本来是可敬的。奉公守法、忠公体国的官，史不绝书。可是一朝权在手便把令来行的贪赃枉法的官却也不在少数。人踏上仕途，很容易被污染，会变成为另外一种人。他说话的腔调会变，他脸上的筋肉会变，他走路的姿势会变，他的心的颜色有时候也会变。"尔俸尔禄，民脂民膏"，过骄奢的生活，成特殊阶级，也还罢了，若是为非作歹，鱼肉乡民，那罪过可大了。《水浒》写的是平民的一股怨气。不平则鸣，容易得到读者的同情，有人甚至不忍深责那些非法的杀人放火的勾当。有人以终身不入官府为荣，怨毒中人之深可想。

较近的人民叛乱事件，义和团之乱是令人难忘的。我生于庚子后二年，但是清廷的糊涂，八国联军之肆虐，从长辈口述得知梗概。义和团是由洋人教士勾结官府压迫人民所造成的，其意义和梁山泊起义不同，不过就其动机与行为而言，我怜其愚，我恨其妄，而又不能不寄予多少之同情。义和团不可以一个"匪"字而一笔抹煞。英国俗文学中之罗宾汉的故事，其劫强济贫目无官府的游侠作风之所以能赢得读者的赞赏，也是因为它能伸张一般人的不平之感。我读了《水浒》之后，我认识了人间的不平。

我对于《水浒》有一点极为不满。作者好像对于女性颇不同情。《水浒》里的故事对于所谓奸夫淫妇有极精彩的描写,而显然的对于女性特别残酷。这也许是我们传统的大男人主义,一向不把女人当人,即使当作人也是次等的人。女人有所谓贞操,而男人无。《水浒》为人抱不平,而没有为女人抱不平。这虽不足为《水浒》病,但是《水浒》对于欣赏其不平之鸣的读者在影响上不能不打一点折扣。

第二部书该数《胡适文存》。胡先生生在我们同一时代,长我十一岁,我们很容易忽略其伟大,其实他是我们这一代人在思想学术道德人品上最为杰出的一个。我读他的文存的时候,我尚在清华没有卒业。他影响我的地方有三:

一是他的明白清楚的白话文。明白清楚并不是散文艺术的极致,却是一切散文必须具备的起码条件。他的《文学改良刍议》,现在看起来似嫌过简,在当时是振聋发聩的巨著。他对《白话文学史》的看法,他对于文学(尤其是诗)的艺术的观念,现在看来都有问题。例如他直到晚年还坚持地说律诗是"下流"的东西,骈四俪六当然更不在他眼里。这是他的偏颇的见解。可是在五四前后,文章写得像他那样明白晓畅、不枝不蔓的能有几人?我早年写作,都是以他的文字作为模仿的榜样。不过我的文字比较杂乱,不及他的纯正。

二是他的思想方法。胡先生起初倡导杜威的实验主义,后来他就不弹此调。胡先生有一句话:"不要被别人牵着鼻子走!"像是给人的当头棒喝。我从此不敢轻信人言。别人说的话,是者是之,非者非之,我心目中不存有偶像。胡先生曾为文批评时政,也曾为文对什么主义质疑，他的几位老朋友劝他不要发表，甚至要把已经发排的稿件擅自抽回，胡先生说："上帝尚且可以批评，什么人什么事不可批评？"他的这种批评态度是可佩服的。从大体上看，胡先生从不侈谈革命，他还是一个"儒雅为业"的人，不过他对于往昔之不合理的礼教是不惜加以批评的。曾有人家里办丧事，求胡先生"点主"，胡先生断然拒绝，并且请他阅看《胡适文存》里有关"点主"的一篇文章，其人读了之后翕然诚服。胡先生对于任何一件事都要寻根问底，不肯盲从。他常说他有考据癖，其实也就是独立思考的习惯。

三是他的认真严肃的态度。胡先生说他一生没写过一篇不用心写的文章，看他的文存就可以知道确是如此，无论多小的题目，甚至一封短札，他也是像狮子搏兔似的全力以赴。他在庐山偶然看到一个和尚的塔，他作了八千多字的考证。他对于《水经注》所下的功夫是惊人的。曾有人劝他移考证《水经注》的功夫去做更有意义的事，他说不，他说他这样做是为了要把研究学问的方法传给后人。我对于《水经注》没有兴趣，胡先生的著作我没有不曾读过的，惟《水经注》是例外。可是他治学为文之认真的态度，是我认为应该取法的。有一次他对几个朋友说，写信一定要注明年、月、日，以便查考。我们明知我们的函件将来没有人会来研究考证，何必多此一举？他说不，要养成这个习惯。我接受他的看法，年、月、日都随时注明。有人写信谨注月日而无年份，我看了便觉得缺憾。我译莎士比亚，大家知道，是由于胡先生的倡导。当初约定一年译两本，二十年完成，可是我拖了三十年。胡先生一直关注这件工作，有一次他由台湾飞到美国，他随身携带在飞机上阅读的书包括《亨利四世》下篇的译本。他对我说他要看看中译的莎士比亚能否令人看得下去。我告诉他，能否看得下去我不知道，不过我是认真翻译的，没有随意删略，没敢潦草。他说俟全集译完之日为我举行庆祝，可惜那时他已经不在了。

第三本书是白璧德的《卢梭与浪漫主义》。白璧德（lrving Babbitt）是哈佛大学教授，是一位与时代潮流不合的保守主义学者。我选过他的"英国十六世纪以后的文学批评"一课，觉得他很有见解，不但有我们前所未闻的见解，而且是和我自己的见解背道而驰。于是我对他发生了兴趣。我到书店把他的著作五种一股脑儿买回来读，其中最有代表性的是他的这一本《卢梭与浪漫主义》。他毕生致力于批判卢梭及其代表的浪漫主义，他针砭流行的偏颇的思想，总是归根到卢梭的自然主义。有一幅漫画讽刺他，画他匍匐地面揭开被单窥探床下有无卢梭藏在底下。白璧德的思想主张，我在《学衡》杂志所刊吴宓、梅光迪几位介绍文字中已略为知其一二，只是《学衡》固执的使用文言，对于一般受了五四洗礼的青年很难引起共鸣。我读了他的书，上了他的课，突然感到他的见解平正通达而且切中时弊。我平素心中蕴结的一些浪漫情操几为之一扫而空。我开始省悟，五四以来的文艺思潮应该根据历史的透视而加以重估。我在学生时代写的第一篇批评文字《中国现代文学之浪漫的趋势》就是在这个时候写的。随后我写的《文学的纪律》《文人有行》，以至于较后对于辛克莱《拜金艺术》的评论，都可以说是受了白璧德的影响。

白璧德对东方思想颇有渊源，他通晓梵文经典及儒家与老庄的著作。《卢梭与浪漫主义》有一篇很精采的附录论老庄的"原始主义"，他认为卢梭的浪漫主义颇有我国老庄的色彩。白璧德的基本思想是与古典的人文主义相呼应的新人文主义。他强调人生三境界，而人之所以为人在于他有内心的理性控制，不令感情横决。这就是他念念不忘的人性二元论。《中庸》所谓"天命之谓性，率性之谓道，修道之谓教"，孔子所说的"克己复礼"，正是白璧德所乐于引证的道理。他重视的不是 élan vital（柏格森所谓的"创造力"）而是 élan frein（克制力）。一个人的道德价值，不在于做了多少事，而是在于有多少事他没有做。白璧德并不说教，他没有教条，他只是坚持一个态度——健康与尊严的态度。我受他的影响很深，但是我不曾大规模的宣扬他的作品。我在新月书店曾经辑合《学衡》上的几篇文字为一小册印行，名为《白璧德与人文主义》，并没有受到人的注意。若干年后，宋淇先生为美国新闻处编译一本《美国文学批评》，其中有一篇是《卢梭与浪漫主义》的一章，是我应邀翻译的，题目好像是《浪漫的道德》。三十年代左倾仁兄们鲁迅及其他谥我为"白璧德的门徒"，虽只是一顶帽子，实也当之有愧，因为白璧德的书并不容易读，他的理想很高也很难身体力行，称为门徒谈何容易！

第四本书是叔本华的《隽语与箴言》（Maxims and Counsels）。这位举世闻名的悲观哲学家，他的主要作品 *The World as Will and Idea* 我没有读过，可是这部零零碎碎的札记性质的书却给我莫大的影响。

叔本华的基本认识是：人生无所谓幸福，不痛苦便是幸福。痛苦是真实的、存在的、积极的；幸福则是消极的，并无实体的存在。没有痛苦的时候，那种消极的感受便是幸福。幸福是一种心理状态，而非实质的存在。基于此种认识，人生努力方向应该是尽量避免痛苦，而不是追求幸福，因为根本没有幸福那样的一个东西。能避免痛苦，幸福自然就来了。

我不觉得叔本华的看法是诡辩。不过避免痛苦不是一件简单的事，需要慎思明辨，更需要当机立断。

第五部书是斯陶达的《对文明的反叛》（Lothrop Stoddard：*The Revolt against Civilization*）。这不是一部古典名著，但是影响了我的思想。民国十四年，潘光旦在纽约哥伦比亚大学念书，住在黎文斯通大厦，有一天我去看他，他顺手拿起这一本书，竭力推荐要我一读。光旦是优生学者，他不但赞成节育，而且赞成"普罗列塔利亚"少生孩子，优秀的知识分子多生孩子，只有这样做，民族的品质才有希望提高。一人一票的"德谟克拉西"是不合理的，古希腊的"亚里士多克拉西"较近于理想。他推崇孟子，但不附和孟子的平民之说。他就是这样有坚定信念而非常固执的一位学者。他郑重推荐这一本书，我想必有道理，果然。

斯陶达的生平不详，我只知道他是美国人，一八八三年生，一九五〇年卒，《对文明的反叛》出版于一九二二年，此外还有《欧洲种族的实况》（一九二四年）、《欧洲与我们的钱》（一九三二年）及其他。这本《对文明的反叛》的大意是：私有财产为人类文明的基础。有了私有财产的制度，然后人类生活形态，包括家庭的、社会的、政治的、经济的各方面,才逐渐的发展而成为文明。马克斯与恩格斯于一八四八年发表的一个小册子 Manifest der Kommunisten,声言私有财产为一切罪恶的根源,要彻底地废除私有财产制度,言激而辩。斯陶达认为这是反叛文明,是对整个人类文明的打击。

文明发展到相当阶段会有不合理的现象,也可称之为病态。所以有心人就要想法改良补救,也有人就想象一个理想中的黄金时代,悬为希望中的目标。《礼记》《礼运》所谓的"大同",虽然孔子说"大道之行也,与三代之英,丘未之逮也",实则"大同"乃是理想世界,在尧舜时代未必实现过,就是禹、汤、文武周公的"小康之治"恐怕也是想当然耳。西洋哲学家如柏拉图,如斯多亚派创始者季诺(Zeno)、如陶玛斯·摩尔及其他,都有理想世界的描写。耶稣基督也是常以慈善为教,要人共享财富。许多教派都不准僧侣自蓄财产。英国诗人柯律芝与骚赛(Coleridge and Southey)在一七九四年根据卢梭与高德文(Godwin)的理想居然想到美洲的宾夕凡尼亚去创立一个共产社区,虽然因为缺乏经费而未实现,其不满于旧社会的激情可以想见。不满于文明社会之现状,是相当普遍的心理。凡是有同情心和正义感的人,对于贫富悬殊壁垒分明的现象无不深恶痛绝。不过从事改善是一回事,推翻私有财产制度又是一回事。像一七九二年巴黎公社之引起恐怖统治,就是一个极不幸的例子。至若以整个国家甚至以整个世界孤注一掷地做一个渺茫的理想的实验,那就太危险了。文明不是短期能累积起来的,却可毁灭于一旦。斯陶达心所谓危,所以写了这样的一本书。

第六部书是《六祖坛经》。我与佛教本来无瓜葛。抗战时在北碚缙云山上缙云古寺偶然看到太虚法师领导的汉藏理学院，一群和尚在翻译佛经，香烟缭绕，案积贝多树叶帖帖然，字斟句酌，庄严肃穆。佛经的翻译原来是这样谨慎而神圣的，令人肃然起敬。知客法舫，彼此通姓名后得知他是《新月》的读者，相谈甚欢，后来他送我一本他作的《金刚经讲话》，我读了也没有什么领悟。三十八年我在广州，中山大学外文系主任林文铮先生是一位狂热的密宗信徒，我从他那里借到《六祖坛经》，算是对于禅宗作了初步的接触，谈不上了解，更谈不到开悟。在丧乱中我开始思索生死这一大事因缘。在六榕寺瞻仰了六祖的塑像，对于这位不识字而能顿悟佛理的高僧有无限的敬仰。

《六祖坛经》不是一人一时所作，不待考证就可以看得出来，可是禅宗大旨尽萃于是。禅宗主张不立文字，但阐明宗旨还是不能不借重文字。据我浅陋的了解，禅宗主张顿悟，说起来简单，实则甚为神秘。棒喝是接引的手段，公案是参究的把鼻。说穿了即是要人一下子打断理性的逻辑的思维，停止常识的想法，蓦然一惊之中灵光闪动，于是进入一种不思善不思恶无生无死不生不死的心理状态。在这状态之中得见自心自性，是之谓明心见性，是之谓言下顿悟。

有一次我在胡适之先生面前提起铃木大拙，胡先生正色曰："你不要相信他，那是骗人的！"我不作如是想。铃木不像是有意骗人，他可能确是相信禅宗顿悟的道理。胡先生研究禅宗历史十分渊博，但是他自己没有做修持的功夫，不曾深入禅宗的奥秘。事实上他无法打入禅宗的大门,因为禅宗大旨本非理性的文字所能解析说明,只能用简略的象征的文字来暗示。在另一方面,铃木也未便以胡先生为门外汉而加以轻蔑。因为一进入文字辩论的范围,便必须使用理性的逻辑的方式才足以服人。禅宗的境界用理性逻辑的文字怎样解释也说不明白,须要自身体验,如人饮水,冷暖自知。所以我看胡适、铃木之论战根本是不必要的,因为两个人不站在一个层次上。一个说有鬼,一个说没有鬼,能有结论么?

我个人平素的思想方式近于胡先生类型,但是我也容忍不同的寻求真理的方法。《哈姆雷特》一幕二景,哈姆雷特见鬼之后对于来自威吞保的学者何瑞修说:"宇宙间无奇不有,不是你的哲学全能梦想得到的。"我对于禅宗的奥秘亦作如是观。《六祖坛经》是我最初亲近的佛书,带给我不少喜悦,常引我作超然的遐思。

第七部书是卡赖尔的《英雄与英雄崇拜》(Carlyle: *On Heroes Heroworship and the Heroic in History*),原是一系列的演讲,刊于一八四一年。卡赖尔的文笔本来是汪洋恣肆,气势不凡,这部书因为原是讲稿,语气益发雄浑,滔滔不绝的有雷霆万钧之势。他所谓的英雄,不是专指掣旗斩将,攻城略地的武术高超的战士而言,举凡卓越等伦的各方面的杰出人才,他都认为是英雄。神祇、先知、国王、哲学家、诗人、文人都可以称为英雄,如果他们能做人民的领袖、时代的前驱、思想的导师。卡赖尔对于人类文明的历史发展有一基本信念,他认为人类文明是极少数的领导人才所创造的。少数的杰出人才有所发明,于是大众跟进。没有睿智的领导人物,浑浑噩噩的大众就只好停留在浑浑噩噩的状态之中。证之于历史,确是如此。这种说法和孙中山先生所说"先知先觉、后知后觉、不知不觉",若合符节。卡赖尔的说法,人称之为"伟人学说"(Great Man Theory)。他说政治的妙谛在于如何把有才智的人放在统治者的位置上去。他因此而大为称颂我们的科举取士的制度。不过他没注意到取士的标准大有问题,所取之士的品质也就大有问题。好人出头是他的理想,他们憧憬的是贤人政治,他怕听"拉平者"(Levellers)那一套议论,因为人有贤不肖,根本不平等。尽管尽力拉平世间的不平等的现象,领导人才与人民大众对于文明的贡献究竟不能等量齐观。

我接受卡赖尔的伟人学说,但是我同时强调伟人的品质。尤其是政治上的伟人责任重大,如果他的品质稍有问题,例如轻言改革,囿于私见,涉及贪婪,用人不公,立刻就会灾及大众,祸国殃民。所以我一面崇拜英雄,一面深厌独裁。我愿他泽及万民,不愿他成为偶像。卡赖尔不信时势造英雄,他相信英雄造时势。我想是英雄与时势交相影响。卡赖尔受德国菲士特(Fichte)的影响,以为一代英雄之出世涵有"神意"(divine idea),又受喀尔文(Calvin)一派清教思想的影响,以为上帝的意旨在指挥英雄人物。这种想法现已难以令人相信。

第八部书是玛克斯·奥瑞利斯(Marcus Aurelius Antoninus)的《沉思录》(Meditations)。这是西洋斯托亚派哲学最后一部杰作,原文是希腊文,但是译本极多,单是英文译本自十七世纪起至今已有二百多种。在我国好像注意到这本书的人不多。我在一九五九年将此书译成中文,由协志出版公司印行。作者是一千八百多年前的罗马帝国的皇帝,以皇帝之尊而成为苦修的哲学家,并且给我们留下这样的一部书真是奇事。

斯托亚派哲学涉及三个部门:物理学、论理学、伦理学。这一派的物理学,简言之,即是唯物主义加上泛神论,与柏拉图之以理性概念为惟一真实存在的看法正相反。斯托亚派认为只有物质的事物才是真实的存在,但是物质的宇宙之中偏存着一股精神力量,此力量以不同的形势出现,如人,如气,如精神,如灵魂,如理性,如主宰一切的原理,皆是。宇宙是神,人所崇奉的神祇只是神的显示。神话传说全是寓言。人的灵魂是从神那里放射出来的,早晚还要回到那里去。主宰一切的神圣原则即是使一切事物为了全体利益而合作。人的至善的理想即是有意识的为了共同利益而与天神合作。至于这一派的论理学则包括两部门,一是辩证法,一是修辞学,二者都是思考的工具,不太重要。玛克斯最感兴趣的是伦理学。按照这一派哲学,人生最高理想是按照宇宙自然之道理去生活。所谓"自然"不是任性放肆之意,而是上面说到的宇宙自然。人生除了美德无所谓善,除了罪行无所谓恶。美德有四:一为智慧,所以辨善恶;二为公道,以便应付一切悉合分际;三为勇敢,藉以终止痛苦;四为节制,不为物欲所役。人是宇宙的一部分,所以对宇宙整体负有义务,应随时不忘本分,致力于整体利益。有时自杀也是正当的,如果生存下去无法善尽做人的责任。

《沉思录》没有明显的提示一个哲学体系,作者写这本书是在做反省的功夫,流露出无比的热诚。我很向往他这样的近于宗教的哲学。他不信轮回不信往生,与佛说异,但是他对于生死这一大事因缘却同样的不住地叮咛开导。佛示寂前,门徒环立,请示以后当以谁为师,佛说:"以戒为师。"戒为一切修行之本,无论根本五戒、沙弥十戒、比丘二百五十戒,以及菩萨十重四十八轻之性戒,其要义无非是克制。不能持戒,还说什么定慧?佛所斥为外道的种种苦行,也无非是戒的延伸与歪曲。斯托亚派的这部杰作坦示了一个修行人的内心了悟,有些地方不但可与佛说参证,也可以和我国传统的"天行健,君子以自强不息"以及"克己复礼"之说相印证。

英国十七世纪剧作家范伯鲁(Vanbrugh)的《旧病复发》(Relapse)里有一个愚蠢的花花大少浮平顿爵士(Lord Foppington),他说了一句有趣的话:"读书乃是以别人脑筋制造出的东西以自娱。我以为有风度有身份的人可以凭自己头脑流露出来的东西而自得其乐。"书是精神食粮。食粮不一定要自己生产,自己生产的不一定会比别人生产的好。而食粮还是我们必不可或缺的。书像是一股洪流,是多年来多少聪明才智的人点点滴滴的汇集而成,很难得有人能毫无凭藉的立地涌现出一部书。读书如交友,也靠缘分,吾人有缘接触的书各有不同。我读书不多,有缘接触了几部难忘的书,有如良师益友,获益匪浅,略如上述。

利用零碎时间

我常常听人说,他想读一点书,苦于没有时间。我不太同情这种说法。不管他是多么忙,他总不至于忙得一点时间都抽不出来。一天当中如果抽出一小时来读书,一年就有三百六十五小时,十年就有三千六百五十小时,积少成多,无论研究什么都会有惊人的成就。零碎的时间最可宝贵,但是也最容易丢弃。我记得陆放翁有两句诗:"呼僮不应自升火,待饭未来还读书。"这两句诗给我的印象很深。待饭未来的时候是颇难熬的,用以读书岂不甚妙?我们的时间往往于不知不觉中被荒废掉,例如现在距开会还有五十分钟,于是什么事都不做了,磨磨蹭蹭,五十分钟便打发掉了。如果用这时间读几页书,岂不较为受用?至于在"度周末"的美名下把时间大量消耗的人,那就更不必论了。他是在"杀时间",实在也是在杀他自己。

一个人在学校读书的时间是最可羡慕的一段时间,因为他没有生活的负担，时间完全是他自己的。但是很少人充分地把握住这个机会，多多少少的把时间浪费掉了。学校的教育应该是启发学生好奇求知的心理，鼓励他自动地往图书馆里去钻研。假如一个人在学校读书，从来没有翻过图书馆的书目卡片，没有借过书，无论他的功课成绩多么好，我想他将来多半不能有什么成就。

英国的一个政治家兼作者 Willam Cobbett（一七六二至一八三五年）写过一本书《对青年人的劝告》，其中有一段"利用零碎时间"。我觉得很感动人，译抄如下：

文法的学习并不需要减少办事的时间，也不需要占去必须的运动时间。平常在茶馆、咖啡馆用掉的时间以及附带着闲谈所用掉的时间——一年中所浪费掉的时间——如果用在文法的学习上，便会使你在余生中成为一个精确的说话者、写作者。你们不需要进学校，用不着课室，无需费用，没有任何麻烦的情形。我学习文法是在每日赚六便士当兵卒的时候，床的边沿或岗哨铺位的边沿就是我研习的座位，我的背包便是我的书架子，一小块木版放在腿上便是我的写字台，而这工作并未用掉一整年的功夫。我没钱去买蜡烛油；在冬天，除了火光以外我很难得在夜晚有任何光，而那也只好等到我轮值时才有。

如果我在这种情形之下，既无父母又无朋友给我以帮助与鼓励，居然能完成这工作，那么任何年轻人，无论多穷苦，无论多忙，无论多缺乏房间或方便，还有什么可当借口的呢？为了买一支笔或一张纸，我被迫放弃一部分粮食，虽然是在半饥饿的状态中。

在时间上没有一刻钟可以说是属于自己的，我必须在十来个最放肆而又随便的人们之高谈阔论、歌唱嬉笑、吹哨吵闹当中阅读写作，而且是在他们毫无顾忌的时间里。莫要轻视我偶尔花掉的买纸、笔、墨水的那几文钱。那几文钱对于我可是一笔大款！除了为我们上市购买食物所费之外，我们每人每星期所得不过是两便士。我再说一遍，如果我能在此种情形下完成这项工作，世界上可能有一个青年能找到借口说办不到吗？哪一位青年读了我这篇文字，若是还能说没有时间、没有机会研习这学问中最重要的一项，他能不羞惭吗？

以我而论，我可以老实讲，我之所以成功，得力于严格遵守我在此讲给你们听的教条者，过于我的天赋的能力；因为天赋能力，无论多少，比较起来用处较少，纵然以严肃和克己来相辅，如果我在早年没有养成那爱惜光阴之良好习惯。我在军队获得非常的擢升，有赖于此者胜过其他任何事物。我是"永远有备"：如果我在十点要站岗，我在九点就准备好了。从来没有任何人或任何事在等候我片刻时光。年过二十岁，从上等兵立刻升到军士长，越过了三十名中士，应该成为大家嫉恨的对象；但是这早起的习惯以及严格遵守我讲给你们听的教条，确曾消灭了那些嫉恨的情绪，因为每个人都觉得我所做的乃是他们所没有做的而且是他们所永不会做的。

Cobbett这个人是工人之子，出身寒苦，早年在美洲从军，但是他终于因苦读、自修而成功。他写了不少的书，其中有一部是《英文文法》。这是一个很感动的人的例子。

谈话的艺术

一个人在谈话中可以采取三种不同的方式,一是独白,一是静听,一是互话。

谈话不是演说,更不是训话,所以一个人不可以霸占所有的时间,不可以长篇大论的絮聒不休,旁若无人。有些人大概是口部筋肉特别发达,一开口便不能自休,绝不容许别人插嘴,话如连珠,音容并茂。他讲一件事能从盘古开天地讲起,慢慢地进入本题,亦能枝节横生,终于忘记本题是什么。这样霸道的谈话者,如果他言谈之中确有内容,所谓"吐佳言如锯木屑,霏霏不绝",亦不难觅取听众。在英国文人中,约翰逊博士是一个著名的例子。在咖啡店里,他一开口,鼠都不敢叫。那个结结巴巴的高尔斯密一插嘴便触霉头。Sir Oracle 在说话,谁敢出声?约翰逊之所以被称为当时文艺界的独裁者,良有以也。学问、风趣不及约翰逊者,必定是比较的语言无味,如果喋喋不已,如何令人耐得!

有人也许是以为嘴只管吃饭而不作别用,对人乃钳口结舌,一言不发。这样的人也是谈话中所不可或缺的,因为谈话,和演戏一样,是需要听众的,这样的人正是理想的听众。欧洲中古时代的一个严肃的教派Carthusian monks以不说话为苦修精进的法门之一,整年的不说一句话,实在不易。那究竟是方外人,另当别论,我们平常人中却也有人真能寡言。他效法金人之三缄其口,他的背上应有铭曰:"今之慎言人也。"你对他讲话,他洗耳恭听,你问他一句话,他能用最经济的辞句把你打发掉。如果你恰好也是"毋多言,多言多败"的信仰者,相对不交一言,那便只好共听壁上挂钟之滴答滴答了。钟会之与嵇康,则由打铁的叮当声来破除两人间之岑寂。这样的人现代也有,相对无言,莫逆于心,巴答巴答地抽完一包香烟,兴尽而散。无论如何,老于世故的人总是劝人多听少说,以耳代口,凡是不大开口的人总是令人莫测高深;口边若无遮拦,则容易令人一眼望到底。

谈话,和作文一样,有主题,有腹稿,有层次,有头尾,不可语无伦次。写文章肯用心的人就不太多,谈话而知道剪裁的就更少了。写文章讲究开门见山,起笔最要紧,要来得挺拔而突兀,或是非常爽朗,总之要引人入胜,不同凡响。谈话亦然。开口便谈天气好坏,当然亦不失为一种寒暄之道,究竟缺乏风趣。常见有客来访,宾主落座,客人徐徐开言:"您没有出门啊?"主人除了重申"我没有出门"这一事实之外,没有法子再作其他的答话。谈公事,讲生意,只求其明白清楚,没有什么可说的。一般的谈话往往是属于"无题""偶成"之类,没有固定的题材,信手拈来,自有情致。情人们喁喁私语,总是有说不完的话题,谈到无可再谈,则"此时无声胜有声"了。老朋友们剪烛西窗，班荆道故，上下古今无不可谈，其间并无定则，只要对方不打哈欠。禅师们在谈吐间好逞机锋，不落迹象，那又是一种境界，不是我们凡夫俗子所能企望得到的。善谈和健谈不同，健谈者能使四座生春，但多少有点霸道，善谈者尽管舌灿莲花，但总还要给别人留些说话的机会。

话的内容总不能不牵涉到人，而所谓人，则不是别人便是自己。谈论别人则东家长西家短全成了上好的资料，专门隐恶扬善则内容枯燥听来乏味，揭人阴私则又有伤口德，这其间颇费斟酌。英文gossip一字原义是"教父母"，尤指教母，引申而为任何中年以上之妇女，再引申而为闲谈，再引申而为飞短流长，而为长舌妇，可见这种毛病由来有自，"造谣学校"之缘起亦在于是，而且是中外皆然。不过现在时代进步，这种现象已与年纪无关。谈话而专谈自己当然不会伤人，并且缺德之事经自己宣扬之后往往变成为值得夸耀之事。不过这又显得"我执"太深，而且最关心自己的事的人，往往只是自己。英文的"我"字，是大写字母的"I"，有人已嫌其夸张，如果谈起话来每句话都用"我"字开头，不更显得自我本位了么？

在技巧上，谈话也有些个禁忌。"话到口边留半句"，只是劝人慎言，却有人认真施行，真个的只说半句，其余半句要由你去揣摩，好像文法习题中的造句，半句话要由你去填充。有时候是光说前半句，要你猜后半句；有时候是光说后半句，要你想前半句。一段谈话中若是破碎的句子太多，在听的方面不加整理是难以理解的。费时费事，莫此为甚。我看在谈话时最好还是注意文法，多用完整的句子为宜。另一极端是，唯恐听者印象不深，每一句话重复一遍，这办法对于听者的忍耐力实在要求过奢。谈话的腔调与嗓音因人而异，有的如破锣，有的如公鸡，有的行腔使气有板有眼，有的回肠荡气如怨如诉，有的于每一句尾加上一串咯咯的笑，有的于说完一段话之后像鲸鱼一般喷一口大气，这一切都无关宏旨，要紧的是说话的声音之大小需要一点控制。一开口便血脉贲张，声震屋瓦，不久便要力竭声嘶，气急败坏，似可不必。另有一些人的谈话别有公式，把每句中的名词与动词一律用低音，甚至变成耳语，令听者颇为吃力。有些人唾腺特别发达，三言两句之后嘴角上便积有两摊如奶油状的泡沫，于发出重唇音的时候便不免星沫四溅，真像是痰唾珠玑。人与人相处，本来易生摩擦，谈话时也要保持距离，以策安全。

文艺与道德

在美国的《新闻周刊》上看到这样一段新闻:

"且来享受醇酒妇人,尽情欢笑;明天再喝苏打水,听人讲道。"这是英国诗人拜伦(一七八八年至一八二四年)的句子,据说他不仅这样劝别人,他自己也彻底地接受了他自己的劝告:他和无数的情人缱绻,许多的丑闻使得这位面貌姣好、头发鬈曲的诗人,死后不得在西敏寺内获一席地,几近一百五十年之久。一位教会长老说过,拜伦的"公然放浪的行为"和他的"不检的诗篇"使他不具有进入西敏寺的资格。但是"英格兰诗会"以为这位伟大的浪漫作家,由于他的诗和"他对于社会公道与自由之经常的关切",还是应该享有一座纪念物的。西敏寺也终于改变了初衷,在"诗人角"里,安放了一块铜牌来纪念拜伦。那"诗人角"早已装满了纪念诗人们的碑牌之类,包括诸大诗人如莎士比亚、弥尔顿、乔叟、雪莱、济慈,甚至还有一位外国诗人名为朗费罗的在内。

这样的一条新闻实在令人感慨万千。拜伦是英国的一位浪漫诗人，在行为与作品上都不平凡，"一觉醒来，名满天下"，他不但震世骇俗，他也愤世嫉俗，"不是英格兰不适于我，便是我不适于英格兰"，于是怫然出国，遨游欧土，卒至客死异乡，享年不过三十有六。他生不见容于重礼法的英国社会，死不为西敏寺所尊重，这是可以理解的事。一百五十年后，情感被时间冲淡，社会认清了拜伦的全部面貌，西敏寺敞开了它的严封固扃的大门，这一事实不能不使我们想一想，文艺与道德究竟是怎样的一种关系。

有人说，文艺与道德没有关系。一位厨师，只要善于调和鼎鼐，满足我们的口腹，我们就不必追问他的私生活中有无放荡逾检之处。这一比喻固很巧妙，但并不十分允洽。因为烹调的成品，以其色香味供我们欣赏，性质简单。而文艺作品之内容，则为人生的写照、人性的发挥，我们不仅欣赏其文辞，抑且受其内容的感动，有时为之逸兴遄飞，有时为之回肠荡气。我们纵然不问作者本人的道德行为，却不能不理会文艺作品本身所涵蓄着的道德意味。人生的写照、人性的发挥，永远不能离开道德。文艺与道德不可能没有关系。进一步说，口腹之欲的满足也并非是饮食之道的极致；快我朵颐之外，也还要顾到营养健康。文艺之于读者的感应，其间更要引起道德的影响与陶冶的功能。

所谓道德，其范围至为广阔，既不限于礼教，更有异于说教。吾人行事，何者应为，抉择之间，端在一心，那便是道德价值的运用。悲天悯人，民胞物与的精神，也正是道德的高度表现。以拜伦而论，他的私人行为有许多地方诚然不足为训，但是他的作品却常有鼓舞人心向上的力量，也常有令人心胸开阔的妙处。他赞赏光荣的历史，他同情被压迫的人民，那一份激昂慷慨的精神，百余年之后仍然虎虎有生气，使得西敏寺的住持不能不心回意转，终于奉献给他那一份积欠已久的敬意。在伟大作品照耀之下，作者私人生活的玷污终被淡忘，也许不是谅恕，这是不是英国人聪明的地方呢？我们中国人礼教的观念很强，以为一个人私德有亏，便一无是处，我们是不容易把人品和作品分开来的，而且"文人无行"的看法也是很普遍的，好像一个人一旦成为文人，其品行也就不堪闻问，甚至有些文人还有意的不肯敦品，以为不如此不能成其为文人。

　　文艺的题材是人生，所以文艺永远含有道德的意味；但是文艺的功用是不是以宣扬道德为最重要的一项呢？在西洋文学批评里，这是一个老问题。罗马的贺拉斯采取一种折中的态度，以为文学一面供人欣赏，一面教训，所谓寓教训于欣赏。近代纯文学的观念则是倾向于排斥道德教训于文艺之外。我们中国的传统看法，把文艺看成为有用的东西，多少是从实用的观点出发，并不充分承认其本身价值。从孔子所说"诗可以兴，可以观，可以群，可以怨，迩之事父，远之事君，多识于鸟兽草木之名"起，以至于周敦颐所谓之"文以载道"，都是把文艺当作教育工具看待。换言之，就是强调文艺之教育的功能，当然也就是强调文艺之道德的意味。直到晚近，文艺本身的价值才逐渐被人认识，但是开明如梁任公先生的《小说与群治之关系》，仍未尽脱传统的功利观念的范围。我国的戏剧文学未能充分发达的原因之一，便是因为社会传统过分重视戏剧之社会教育价值。劝忠说孝，没有人反对；旧日剧院舞台两边柱上都有惩恶奖善性质的对联，可惜的是编剧的人受了束缚，不能自由发展，而观众所能欣赏到的也只剩了歌腔、身段。戏剧有社会教育的功能，但戏剧本身的价值却不尽在此。文艺与道德有密切的关系，但那关系是内在的，不是目的与手段之间的主从关系。我们可以利用戏剧而从事社会教育，例如，破除迷信，扫除文盲，以至于促进卫生，保密防谍，都可以通过戏剧的方式把主张传播给大众。但是我们必须注意，这只是借用性质，借用就是借用，不是本来用途。

文艺作品里有情感，有思想，可是里面的思想往往是很难捉摸的，因为那思想与情感交织在一起，而且常是不自觉偶然流露出来的。文艺作家观察人生，处理他选定的题材，自有他独特的眼光，他不会拘于成见，他也不会唯他人之命是从，他不可能遗世独立，把文艺与道德完全隔离，亦不可能忘却他的严肃的"观察人生，并且观察人生全体"之神圣使命。

辑三
似水流年,浅忆为安

"雅舍"非我所有,我仅是房客之一。但思"天地者万物之逆旅",人生本来如寄,我住"雅舍"一日,"雅舍"即一日为我所有。即使此一日亦不能算是我有,至少此一日"雅舍"所能给予之苦辣酸甜,我实躬受亲尝。

雅舍

到四川来,觉得此地人建造房屋最是经济。火烧过的砖,常常用来做柱子,孤零零的砌起四根砖柱,上面盖上一个木头架子,看上去瘦骨嶙峋,单薄得可怜;但是顶上铺了瓦,四面编了竹篦墙,墙上敷了泥灰,远远地看过去,没有人能说不像是座房子。我现在住的"雅舍"正是这样一座典型的房子。不消说,这房子有砖柱,有竹篦墙,一切特点都应有尽有。讲到住房,我的经验不算少,什么"上支下摘""前廊后厦""一楼一底""三上三下""亭子间""茅草棚""琼楼玉宇"和"摩天大厦",各式各样,我都尝试过。我不论住在哪里,只要住得稍久,对那房子便发生感情,非不得已我还舍不得搬。这"雅舍",我初来时仅求其能蔽风雨,并不敢存奢望,现在住了两个多月,我的好感油然而生。虽然我已渐渐感觉它是并不能蔽风雨,因为有窗而无玻璃,风来则洞若凉亭,有瓦而空隙不少,雨来则渗如滴漏。纵然不能蔽风雨,"雅舍"还是自有它的个性。有个性就可爱。

"雅舍"的位置在半山腰,下距马路约有七八十层的土阶。前面是阡陌螺旋的稻田。再远望过去是几抹葱翠的远山，旁边有高粱地，有竹林，有水池，有粪坑，后面是荒僻的榛莽未除的土山坡。若说地点荒凉，则月明之夕，或风雨之日，亦常有客到。大抵好友不嫌路远，路远乃见情谊。客来则先爬几十级的土阶，进得屋来仍须上坡，因为屋内地板乃依山势而铺，一面高，一面低，坡度甚大，客来无不惊叹。我则久而安之，每日由书房走到饭厅是上坡，饭后鼓腹而出是下坡，亦不觉有大不便处。

"雅舍"共是六间，我居其二。篦墙不固，门窗不严，故我与邻人彼此均可互通声息。邻人轰饮作乐，咿唔诗章，喁喁细语，以及鼾声、喷嚏声、吭汤声、撕纸声、脱皮鞋声，均随时由门窗户壁的隙处荡漾而来，破我岑寂。入夜则鼠子瞰灯，才一合眼，鼠子便自由行动，或搬核桃在地板上顺坡而下，或吸灯油而推翻烛台，或攀援而上帐顶，或在门框桌脚上磨牙，使得人不得安枕。但是对于鼠子，我很惭愧地承认，我"没有法子"。"没有法子"一语是被外国人常常引用着的，以为这话最足代表中国人的懒惰隐忍的态度。其实我对付鼠子并不懒惰。窗上糊纸，纸一截就破；门户关紧，而相鼠有牙，一阵咬便是一个洞洞。试问还有什么法子？洋鬼子住到"雅舍"里，不也是"没有法子"？比鼠子更骚扰的是蚊子。"雅舍"的蚊风之盛，是我前所未见的。"聚蚊成雷"真有其事！每当黄昏时候，满屋里磕头碰脑的全是蚊子，又黑又大，骨骼都像是硬的。在别处蚊子早已肃清的时候，在"雅舍"则格外猖獗，来客偶不留心，则两腿伤处累累隆起如玉蜀黍，但是我仍安之。冬天一到，蚊子自然绝迹，明年夏天——谁知道我还是住在"雅舍"！

"雅舍"最宜月夜——地势较高,得月较先。看山头吐月,红盘乍涌,一霎间,清光四射,天空皎洁,四野无声,微闻犬吠,坐客无不悄然!舍前有两株梨树,等到月升中天,清光从树间筛洒而下,地上阴影斑斓,此时尤为幽绝。直到兴阑人散,归房就寝,月光仍然逼进窗来,助我凄凉。细雨蒙蒙之际,"雅舍"亦复有趣。推窗展望,俨然米氏章法,若云若雾,一片弥漫。但若大雨滂沱,我就又惶悚不安了,屋顶湿印到处都有,起初如碗大,俄而扩大如盆,继则滴水乃不绝,终乃屋顶灰泥突然崩裂,如奇葩初绽,砉然一声而泥水下注,此刻满室狼藉,抢救无及。此种经验,已数见不鲜。

"雅舍"之陈设,只当得简朴二字,但洒扫拂拭,不使有纤尘。我非显要,故名公巨卿之照片不得入我室;我非牙医,故无博士文凭张挂壁间;我不业理发,故丝织西湖十景以及电影明星之照片亦均不能张我四壁。我有一几一椅一榻,酣睡写读,均已有着,我亦不复他求。但是陈设虽简,我却喜欢翻新布置。西人常常讥笑妇人喜欢变更桌椅位置,以为这是妇人天性喜变之一征。诬否且不论,我是喜欢变的。中国旧式家庭,陈设千篇一律,正厅上是一条案,前面一张八仙桌,一边一把靠椅,两旁是两把靠椅夹一只茶几。我以为陈设宜求疏落参差之致,最忌排偶。"雅舍"所有,毫无新奇,但一物一事之安排布置俱不从俗。人入我室,即知此是我室。笠翁《闲情偶寄》之所论,正合我意。

"雅舍"非我所有,我仅是房客之一。但思"天地者万物之逆旅",人生本来如寄,我住"雅舍"一日,"雅舍"即一日为我所有。即使此一日亦不能算是我有,至少此一日"雅舍"所能给予之苦辣酸甜,我实躬受亲尝。刘克庄词,"客里似家家似寄",我此时此刻卜居"雅舍","雅舍"即似我家。其实似家似寄,我亦分辨不清。

长日无俚,写作自遣,随想随写,不拘篇章,冠以"雅舍小品"四字,以示写作所在,且志因缘。

想我的母亲

父母对子女的爱,子女对父母的爱,是神圣的。我写过一些杂忆的文字,不曾写过我的父母,因为关于这个题目我不敢轻易下笔。小民女士逼我写几句话,辞不获已,谨先略述二三小事以应,然已临文不胜风木之悲。

我的母亲姓沈,杭州人。世居城内上羊市街。我在幼时曾侍母归宁,时外祖母尚在,年近八十。外祖父入学后,没有更进一步的功名,但是课子女读书甚严。我的母亲教导我们读书启蒙,尝说起她小时苦读的情形。她同我的两位舅父一起冬夜读书,冷得腿脚僵冻,取大竹篓一,实以败絮,三个人伸足其中以取暖。我当时听得惕然心惊,遂不敢荒嬉。我的母亲来我家时年甫十八九,以后操持家务尽瘁终身,不复有暇进修。

我同胞兄弟姊妹十一人,母亲的煦育之劳可想而知。我记得我母亲常于百忙之中抽空给我们几个较小的孩子们洗澡。我怕肥皂水流到眼里,我怕痒,总是躲躲闪闪,总是咯咯的笑个不住,母亲没有功夫和我们纠缠,随手一巴掌打在身上,边洗边打边笑。

北方的冬天冷,屋里虽然有火炉,睡时被褥还是凉似铁。尤其是钻进被窝之后,脖子后面透风,冷气顺着脊背吹了进来。我们几个孩子睡一个大炕,头朝外,一排四个被窝。母亲每晚看到我们钻进了被窝,叽叽喳喳的笑语不停,便走过来把油灯吹熄,然后给我们一个个的把脖子后面的棉被塞紧,被窝立刻暖和起来,不知不觉的就睡着了。我不知道母亲用的是什么手法,只知道她塞棉被带给我无可言说的温暖舒适,我至今想起来还是快乐的,可是那个感受不可复得了。

我从小不喜欢喧闹。祖父母生日照例院里搭台唱傀儡戏或滦州影。一过八点我便掉头而去进屋睡觉。母亲得暇便取出一个大簸箩,里面装的是针线剪尺一类的缝纫器材,她要做一些缝缝连连的工作,这时候我总是一声不响地偎在她的身旁,她赶我走我也不走,有时候竟睡着了。母亲说我乖,也说我孤僻。如今想想,一个人能有多少时间可以偎在母亲身旁?

在我的儿时记忆中,我母亲好像是没有时候睡觉。天亮就要起来,给我们梳小辫是一桩大事,一根一根的梳个没完。她自己要梳头,我记得她用一把抿子蘸着刨花水,把头发弄得锃光大亮。然后她要一听上房有动静便急忙前去当差。盖碗茶、燕窝、莲子、点心,都有人预备好了,但是需要她去双手捧着送到祖父母跟前,否则要儿媳妇做什么?在公婆面前,儿媳妇是永远站着,没有座位的。足足的站几个钟头下来,不是缠足的女人怕也受不了!最苦的是,公婆年纪大,不过午夜不安歇,儿媳妇要跟着熬夜在一旁侍候。她困极了,有时候回到房里来不及脱衣服倒下便睡着了。虽然如此,母亲从来没有发过一句怨言。到了民元前几年,祖父母相继去世,我母亲才稍得清闲,然而主持家政教养儿女也够她劳苦的了。她抽暇隔几年返回杭州老家去度夏,有好几次都是由我随侍。

母亲爱她的家乡。在北京住了几十年,乡音不能完全改掉。我们常取笑她,例如北京的"京",她说成"金",她有时也跟我们学,总是学不好,她自己也觉得好笑。我有时学着说杭州话,她说难听死了,像是门口儿卖笋尖的小贩说的话。

我想一般人都会同意,凡是自己母亲做的菜永远都是最好吃的。我的母亲平常不下厨房,但是她高兴的时候,尤其是父亲亲自到市场买回鱼鲜或其他南货的时候,在父亲特烦之下,她也欣然操起刀俎。这时候我们就有福了。我十四岁离家到清华,每星期回家一天,母亲就特别疼爱我,几乎很少例外的要亲自给我炒一盘冬笋木耳韭菜黄肉丝,起锅时浇一勺花雕酒,这是我最喜欢的一道菜。但是这一盘菜一定要母亲自己炒,别人炒味道就不一样了。

我母亲喜欢在高兴的时候喝几盅酒。冬天午后围炉的时候,她常要我们打电话到长发叫五斤花雕,绿釉瓦罐,口上罩着一张毛边纸,温热了倒在茶杯里和我们共饮。下酒的是大落花生,若是有"抓空儿的",买些干瘪的花生吃则更有味。我和两位姊姊陪母亲一顿吃完那一罐酒。后来我在四川独居无聊,一斤花生一罐茅台当做晚饭,朋友们笑我吃"花酒",其实是我母亲留下的作风。

我自从入了清华,以后和母亲在一起的时候就少了。抗战前后各有三年和母亲住在一起。母亲晚年喜欢听平剧,最常去的地方是吉祥，因为离家近，打个电话给卖飞票的，总有好的座位。我很后悔，没能分出时间陪她听戏，只是由我的姊姊弟弟们陪她消遣。

我父亲曾对我说，我们的家所以成为一个家，我们几个孩子所以能成为人，全是靠了我母亲的辛劳维护。一九四九年以后，音讯中断，直等到恢复联系，才知道母亲早已弃养，享寿九十岁。西俗，母亲节佩红康乃馨，如不确知母亲是否尚在则佩红白康乃馨各一。如今我只有佩白康乃馨的份了，养生送死，两俱有亏，惨痛惨痛！

胡适先生二三事

胡先生是安徽徽州绩溪县人,对于他的乡土念念不忘,他常告诉我们他的家乡的情形。徽州是个闭塞的地方,四面皆山,地瘠民贫,山地多种茶,每逢收茶季节,茶商经由水路,从金华到杭州、到上海求售,所以上海的徽州人特多,号称"徽帮",其势力一度不在"宁帮"之下。四马路一带就有好几家徽州馆子。民国十七八年间,有一天,胡先生特别高兴,请努生、光旦和我到一家徽州馆吃午饭。上海的徽州馆相当守旧,已经不能和新兴的广东馆、四川馆相比,但是胡先生要我们去尝尝他的家乡风味。

我们一进门,老板一眼望到胡先生,便从柜台后面站起来笑脸相迎,满口的徽州话,我们一点也听不懂。等我们扶着栏杆上楼的时候,老板对着后面厨房大吼一声。我们落座之后,胡先生问我们是否听懂了方才那一声大吼的意义。我们当然不懂,胡先生说:"他是在喊:'绩溪老倌,多加油啊!'"原来绩溪是个穷地方,难得吃油大,多加油即是特别优待老乡之意。果然,那一餐的油不在少。有两个菜给我的印象特别深,一个是划水鱼,即红烧青鱼尾,鲜嫩无比,一个是生炒蝴蝶面,即什锦炒生面片,非常别致。缺点是味太咸,油太大。

徽州人聚族而居,胡先生常夸说,姓胡的、姓汪的、姓程的、姓吴的、姓叶的,大概都是徽州,或是源出于徽州。他问过汪精卫、叶恭绰,都承认他们祖上是在徽州。努生调侃地说:"胡先生,如果再扩大研究下去,我们可以说中华民族起源于徽州了。"相与拊掌大笑。

吾妻季淑是绩溪程氏,我在胡先生座中如遇有徽州客人,胡先生必定这样的介绍我:"这是梁某某,我们绩溪的女婿,半个徽州人。"他的记忆力特别好,他不会忘记提起我的岳家早年在北京开设的程五峰斋,那是一家在北京与胡开文齐名的笔墨店。

胡先生酒量不大,但很喜欢喝酒。有一次他的朋友结婚,请他证婚,这是他最喜欢做的事。筵席只预备了两桌,礼毕入席,每桌备酒一壶,不到一巡而壶告罄。胡先生大呼添酒,侍者表示为难。主人连忙解释,说新娘是"Temperance Lesgue"(节酒会)的会员。胡先生从怀里掏出现洋一元交付侍者,他说:"不干新郎新娘的事,这是我们几个朋友今天高兴,要再喝几杯。赶快拿酒来。"主人无可奈何,只好添酒。

事实上胡先生从不闹酒。民国二十年春,胡先生由沪赴平,道出青岛,我们请他到青岛大学演讲,他下榻万国疗养院。讲题是《山东在中国文化里的地位》,就地取材,实在高明之至,对于齐鲁文化的变迁、儒道思想的递嬗,讲得头头是道,亹亹不倦,听众无不欢喜。当晚青大设宴,有酒如渑,胡先生赶快从袋里摸出一只大金指环给大家传观,上面刻着"戒酒"二字,是胡太太送给他的。

胡先生交游广,应酬多,几乎天天有人邀饮,家里可以无需开伙。徐志摩风趣地说:"我最羡慕我们胡大哥的肠胃,天天酬酢,肠胃居然吃得消!"其实胡先生并不欣赏这交际性的宴会,只是无法拒绝而已。民国二十年六月二十一日胡先生写信给我,劝我离开青岛到北大教书,他说:"你来了,我陪你喝十碗好酒!"

胡先生住上海极司菲尔路的时候,有一回请"新月"一些朋友到他家里吃饭,菜是胡太太亲自做的——徽州著名的"一品锅"。一只大铁锅,口径差不多有一呎,热腾腾的端了上桌,里面还在滚沸,一层鸡、一层鸭、一层肉,点缀着一些蛋皮饺,紧底下是萝卜、白菜。胡先生详细介绍这一品锅,告诉我们这是徽州人家待客的上品,酒菜、饭菜、汤,都在其中矣。对于胡太太的烹调的本领,他是赞不绝口的。他认为另有一样食品也是非胡太太不办的,那就是蛋炒饭——饭里看不见蛋而蛋味十足,我虽没有品尝过,可是我早就知道其做法是把饭放在搅好的蛋里拌匀后再下锅炒。

胡先生不以书法名,但是求他写字人太多,他也喜欢写。他做中国公学校长的时候,每星期到吴淞三两次,我每次遇见他都是看到他被学生们里三层外三层的密密围绕着。学生要他写字,学生需要自己备纸和研好的墨。他未到校之前,桌上已按次序排好一卷一卷的宣纸、一盘一盘的墨汁。他进屋之后就伸胳膊、挽袖子,挥毫落纸如云烟,还要一面和人寒暄,大有手挥五弦、目送飞鸿之势。胡先生的字如其人,清癯消瘦,而且相当工整,从来不肯作行草,一横一捺都拖得很细很长,好像是伸胳膊伸腿的样子。不像瘦金体,没有那一份劲逸之气,可是不俗。胡先生说起蔡子民先生的字,也是瘦骨嶙峋,和一般人点翰林时所写的以黑、大、圆、光著名的墨卷迥异其趣。胡先生曾问过他,以他那样的字何以能点翰林,蔡先生答说:"也许是因为当时最流行的是黄山谷的字体罢!"

胡先生最爱写的对联是"大胆的假设,小心的求证;认真的做事,严肃的做人"。我常惋惜,大家都注意上联,而不注意下联。这一联有如双翼,上联教人求学,下联教人做人,我不知道胡先生这一联发生了多少效果。这一联教训的意味很浓,胡先生自己亦不讳言他喜欢用教训的口吻。他常说:"说话而教人相信,必须斩钉截铁、咬牙切齿、翻来覆去地说。《圣经》里便是时常使用'Verily'、'Verily'以及'Thou shalt'等等的字样。"胡先生说话并不武断,但是语气永远是非常非常坚定的。

赵瓯北的一首诗:"李杜诗篇万口传,至今已觉不新鲜。江山代有才人出,各领风骚五百年。"也是胡先生所爱好的,显然是因为这首诗的见解颇合于提倡新文学者的口味。胡先生到台湾后,有一天我请他到师大讲演,讲的是《中国文学的演变》,以六十八高龄的人犹能谈上两个钟头而无倦色。在休息的时间,《中国语文》一月刊请他题字,他题了三十多年前的旧句:"山风吹散了窗纸上的松影,吹不散我心头的人影。"

胡先生毕生服膺科学,但是他对于中医问题的看法并不趋于极端,和傅斯年先生一遇到孔庚先生便脸红脖子粗的情形大不相同。(傅斯年先生反对中医,有一次和提倡中医的孔庚先生在国民参政会席上相对大骂,几乎要挥老拳。)胡先生笃信西医,但也接受中医治疗。

民国十四年二月孙中山先生病危,从医院迁出,住进行馆,改试中医,由适之先生偕名医陆仲安诊视。这一段经过是大家知道的。陆仲安初无藉藉名,徽州人,一度落魄,住在绩溪会馆,所以才认识胡先生,偶然为胡先生看病,竟奏奇效,故胡先生为他揄扬,名医之名不胫而走。事实上陆先生亦有其不平凡处,盛名固非幸致。十五六年之际,我家里有人患病即常延陆来诊。陆先生诊病,无模棱两可语,而且处方下药分量之重令人惊异。药必须要到同仁堂去抓,否则不悦。每服药必定是大大的一包,小一点的药锅便放不进去。贵重的药更要大量使用。他的理论是看准了病便要投以重剂猛攻。后来在上海,有一次胡先生请吃花酒,我发现陆先生亦为席上客,那时候他已是大腹便便、仆仆京沪道上专为要人治病的名医了。

胡先生左手背上有一肉瘤隆起,医师劝他割除,他就在北平协和医院接受手术。他告诉我医师们动手术的时候,动用一切应有的设备,郑重其事的为他解除这一小患,那份慎重将事的态度使他感动。又有一次乘船到美国去开会,医师劝他先割掉盲肠再作海上旅行,以免途中万一遭遇病发而难以处治,他欣然接受了外科手术。

我没看见过胡先生请教中医或服中药,可是也不曾听他说过反对中医中药的话。

胡先生从来不在人背后说人的坏话,而且也不喜欢听人在他面前说另人的坏话。有一次他听了许多不相干的闲话之后,喟然而叹曰:"来说是非者,便是是非人!"相反的,人有一善,胡先生辄津津乐道,真是口角春风。徐志摩给我的一封信里有"胡圣潘仙"一语,是因为胡先生向有"圣人"之称,潘光旦只有一条腿,可跻身八仙之列,并不完全是戏谑。但是誉之所至,谤亦随之。胡先生到台湾来,不久就出现了《胡适与国运》匿名小册(后来匿名者显露了真姓名),胡先生夷然处之,不予理会。胡先生兴奋的说,大陆上印出了三百万字清算胡适思想,言外之意《胡适与国运》太不成比例了。胡先生返台定居,本来是落叶归根非常明智之举,但也不是没有顾虑。首先台湾气候并不适宜。一九五七年十一月二十五日给陈之藩先生的信就说:"请胸部大夫检查两次,X光照片都显示肺部有弱点(旧的、新的)。此君很不赞成我到台湾的'潮冷'又'潮热'的气候去久住。"但是一九五六年十一月十八日给赵元任夫妇的信早就说过:"我现在的计划是要在台中或台北……为久居之计。不管别人欢迎不欢迎、讨厌不讨厌,我在台湾是要住下去的。(我也知道一定有人不欢迎我长住下去。)"可见胡先生决意来台定居,医生的意见也不能左右他,不欢迎他的人只好写写《胡适与国运》罢了。

一九六〇年七月十日胡先生在西雅图举行"中美文化合作会议"发表的一篇讲演,是很重要的文献,原文是英文的,同年七月廿一、廿二、廿三日,《中央日报》有中文译稿。在这篇讲演里,胡先生历述中国文化之演进的大纲,结论是:"我相信人道主义及理性主义的中国传统,并未被毁灭,且在所有情形下不能被毁灭!"大声疾呼,为中国文化传统作狮子吼。在座的中美听众一致起立,欢呼鼓掌久久不停,情况是非常动人。事后有一位美国学者称道这篇演讲具有"邱吉尔作风"。我觉得像这样的言论才算得是弘扬中国文化。当晚,在旅舍中胡先生取出一封复印信给我看,是当地主人华盛顿大学校长欧第·嘉德先生特意复印给胡先生的。这封信是英文的,是中国人写的英文,起草的人是谁不问可知,是写给欧第·嘉德的,具名连署的人不下十余人之多,其中有"委员",有"教授",有男有女。信的主旨大概是说:胡适是中国文化的叛徒,不能代表中国文化,此番出席会议未经合法推选程序,不能具有代表资格,特予郑重否认云云。我看过之后交还了胡先生,问他怎样处理,胡先生微笑着说:"不要理他!"我不禁想起《胡适与国运》。

胡先生在师大讲演中国文学的变迁,弹的还是他的老调。我给他录了音,音带藏师大文学院英语系。他在讲词中提到律诗及平剧,斥为"下流"。听众中喜爱律诗及平剧的人士大为惊愕,当时面面相觑,事后议论纷纷。我告诉他们这是胡先生数十年一贯的看法,可惊的是他几十年后一点也没有改变。中国律诗的艺术之美、平剧的韵味,都与胡先生始终无缘。八股、小脚、鸦片,是胡先生所最深恶痛绝的,我们可以理解。律诗与平剧似乎应该属于另一范畴。

胡先生对于禅宗的历史下过很多功夫,颇有心得,但是对于禅宗本身那一套奥义并无好感。有一次朋友宴会,饭后要大家题字,我偶然的写了"无门关"的一偈,胡先生看了很吃一惊,因此谈起禅宗。我提到日本铃木大拙所写的几部书,胡先生正色说:"那是骗人的,你不可信他。"

关于徐志摩

文艺是有永久性的。好的作品永远也不会被人遗忘。志摩的作品在他生时即已享盛名，死后仍然是被许多真正爱好文艺的人所喜爱。最近我遇见几位真正认真写新诗的人，谈论起来都异口同声地说志摩的诗是最优秀的几个之一，值得研究欣赏。……我不拟批评他的成就，我现在且谈谈徐志摩这个人。他的为人全貌，不是我所能描绘的，我只是从普通的角度来测探他的性格之一斑。

普鲁士王佛得利克大帝初见歌德，叹曰："这才是一个人！"在同一意义下，也许具体而微的，我们也可以估量徐志摩说："这才是一个人！"我的意思是说，志摩是一个活力充沛的人。活力充沛的人在世间并不太多，往往要打着灯笼去找的。《世说新语》里有一则记载王导的风度：

王丞相拜扬州，宾客数百人并加沾接，人人有说色。惟有临海一客姓任及数胡人为未洽。公因便还到任边云："君出，临海便无复人。"任大喜说。因过胡人前,弹指云:"兰闍、兰闍。"群胡同笑,四座并欢。

一个人能使四座并欢,并不专靠恭维应酬,他自己须辐射一种力量,使大家感到温暖。徐志摩便是这样的一个人。我记得在民国十七八年之际,我们常于每星期六晚在胡适之先生极斯菲尔路寓所聚餐。胡先生也是一个生龙活虎一般的人,但于和蔼中寓有严肃,真正一团和气使四座并欢的是志摩。他有时迟到,举座奄奄无生气,他一赶到,像一阵旋风卷来,横扫四座,又像是一把火炬,把每个人的心都点燃。他有说,有笑,有表情,有动作,至不济也要在这个的肩上拍一下,那一个的脸上摸一把,不是腋下夹着一卷有趣的书报,便是袋里藏着有趣的信札,弄得大家都欢喜不置。自从志摩死后,我所接触的人还不曾有一个在这一点上能比得上他。但是因此也有人要批评他,说他性格太浮。这批评也是对的。他的老师梁任公先生在给他与陆小曼结婚典礼中证婚时便曾当众指着他说:"徐志摩!你这个人性情太浮,所以学问做不好……"这是志摩的又一面。

志摩对任何人从无疾言厉色。我不曾看见过他和人吵过架,也不曾看见过他和人打过笔墨仗。我们住在上海的时候,文艺界正在多事之秋,所谓"左翼",所谓"普罗文学",正在锣鼓喧天,苏俄的文艺政策正由鲁迅翻译出来而隐隐然支配着若干大小据点。《新月》杂志是在这个时候在上海问世的。第一卷第一期卷首的一篇宣言《我们的态度》,内中揭橥"尊严"与"健康"二义,是志摩的手笔，虽然他没有署名。《新月》的总编辑，我和志摩都先后担任过。志摩时常是被人攻击的目标之一，他从不曾反击，有人说他怯懦，有人说他宽容。他的精神和力量用在文艺创作上，则是一项无可否认的事实。《新月》杂志在文艺方面如有一点成绩，志摩的贡献是最多的一个。

志摩的家世很优裕，他的父亲是银号的经理，他在英国在德国又住了很久，所以他有富家子的习惯外加上一些洋气，总之颇有一点任性。民国十六年，暨南大学改组，由郑洪年任校长。叶公超为外文系主任，我也在那里教书，我们想把志摩也拖去教书，郑洪年不肯，他说："徐志摩？此人品行不端！"其实他的"品行不端"处究竟何在，我倒是看不出来。平心而论，他只是任性而已。他的离婚再娶，我不大明白，不敢议论。在许多小节上，可以看出他的一些性格。他到过印度，认识了印度的诗人泰戈尔，颇心仪其人，除了招待泰戈尔到中国来了一趟之外，后来他还在福煦新村寓所里三层楼的亭子间布置了一间印度式的房间，里面没有桌椅，只有堆满软靠垫的短榻和厚茸茸的地毯，他进入里面随便的打滚。他在光华大学也教一点书，但他不是职业的教师，他是一个浪漫的自由主义者。他曾对我说过，《尊严与健康》的那篇宣言，不但纠正时尚，也纠正了他自己。他所最服膺的一个人是胡适之先生，胡先生也最爱护他。听说胡先生之所以约他到北平大学去教书，实在的动机是要他离开烦嚣的上海，改换一种较朴素的北平式的生活。不料因此而遭遇到意外的惨死。

忆周作人先生

周作人先生住北平西城八道湾,看这个地名就可以知道那是怎样的一个弯弯曲曲的小胡同。但是在这个陋巷里却住着一位高雅的与世无争的读书人。

我在清华读书的时候,代表清华文学社会见他,邀他到清华演讲。那个时代,一个年轻学生可以不经介绍径自拜访一位学者,并且邀他演讲,而且毫无报酬,好像不算是失礼的事。如今手续似乎更简便了,往往是一通电话便可以邀请一位素未谋面的人去讲演什么的。我当年就是这样冒冒失失的慕名拜访。转弯抹角的找到了周先生的寓所,是一所坐北朝南的两进的平房,正值雨后,前院积了一大汪子水。我被引进去,沿着南房檐下的石阶走进南屋。地上铺着凉席。屋里已有两人在谈话,一位是留了一撮小胡子的鲁迅先生,另一位年轻人是写小诗的何植三先生。鲁迅先生和我招呼之后就说:"你是找我弟弟的,请里院坐吧。"

里院正房三间,两间是藏书用的,大概有十个八个木书架,都摆满了书，有竖立的西书，有平放的中文书，光线相当暗。左手一间是书房，很爽亮，有一张大书桌，桌上文房四宝陈列整齐，竟不像是一个人勤于写作的所在。靠墙一几两椅，算是待客的地方。上面原来挂着一个小小的横匾，"苦雨斋"三个字是沈尹默写的。斋名苦雨，显然和前院的积水有关，也许还有屋瓦漏水的情事，总之是十分恼人的事，可见主人的一种无奈的心情。（后来他改斋名为"苦茶庵"了。）俄而主人移步入，但见他一袭长衫，意态翛然，背微佝，目下视，面色灰白，短短的髭须满面，语声低沉到令人难以辨听的程度。一仆人送来两盏茶，日本式的小盖碗，七分满的淡淡的清茶。我道明来意，他用最简单的一句话接受了我们的邀请。于是我不必等端茶送客就告辞而退，他送我一直到大门口。

从北平城里到清华，路相当远，人力车要一个多小时，但是他准时来了。高等科礼堂有两三百人听他演讲，讲题是《日本的小诗》。他特别提出所谓俳句，那是日本的一种诗体，以十七个字为一首，一首分为三段，首五字，次七字，再五字，这是正格，也有不守十七字之限者。这种短诗比我们的五言绝句还要短。由于周先生语声过低，乡音太重，听众不易了解，讲演不算成功。幸而他有讲稿，随即发表。他所举的例句都非常有趣，我至今还记得的是一首松尾芭蕉的作品，好像是"听呀，青蛙跃入古潭的声音！"这样的一句，细味之颇有禅意。此种短诗对于试写新诗的人颇有影响，就和泰戈尔的散文诗一样，容易成为模拟的对象。

民国二十三年我到了北京大学，和周先生有同事三年之雅。在此期间我们来往不多，一来彼此都忙，我住东城他住西城，相隔甚远,不过我也在苦雨斋做过好几次的座上客。我很敬重他,也很爱他的淡雅的风度。我当时主编一个周刊《自由评论》,他给过我几篇文稿,我很感谢他。他曾托我介绍,把他的一些存书卖给学校图书馆。我照办了。他也曾要我照拂他的儿子周丰一(在北大外文系日文组四年级),我当然也义不容辞。我在这里发表他的几封短札,文字简练,自有其独特的风格。

周先生晚节不终,宦事敌伪,以至于身系缧绁,名声扫地,是一件极为可惜的事。不过他所以出此下策,也有其远因近因可察。他有一封信给我,是在抗战前夕写的:

实秋先生:

手书敬悉。近来大有闲,却也不知怎的又甚忙,所以至今未能写出文章,甚歉。看看这"非常时"的四周空气,深感到无话可说,因为这(我的话或文章)是如此的不合宜的。日前曾想写一篇关于《求己录》的小文,但假如写出来了,恐怕看了赞成的只有一个——《求己录》的著者陶葆廉吧?等写出来可以用的文章时,即当送奉,匆匆不尽。

作人启 七日夜

关于《求己录》的文章虽然他没有写,我们却可想见他对《求己录》的推崇。按,《求己录》一册一函,光绪二十六年杭州求是书院刊本,署芦泾遁士著,乃秀水陶葆廉之别号。陶葆廉是两广总督陶模(子方)之子,久佐父幕,与陈三立、谭嗣同、沈雁潭合称四公子。作人先生引陶葆廉为知己，同属于不合时宜之列。他也曾写信给我提到"和日和共的狂妄主张"。是他对于抗日战争早就有了他自己的一套看法。他平素对于时局，和他哥哥鲁迅一样，一向抱有不满的态度。

作人先生有一位日籍妻子。我到苦茶庵去过几次，没有拜见过她，只是隔着窗子看见过一位披着和服的妇人走过，不知是不是她。一个人的妻子，如果她能勤俭持家、相夫教子而且是一个"温而正"的女人，她的丈夫一定要受到她的影响，一定爱她，一定爱屋及乌的爱与她有关的一切。周先生早年负笈东瀛，娶日女为妻，对于日本的许多方面的好的印象是可以理解的。我记得他写过一篇文章赞美日本式的那种纸壁、地板、蹲坑的厕所，真是匪夷所思。他有许多要好的日本朋友，更是意料中事，犹之鲁迅先生之与上海虹口的内山书店老板过从甚密。

抗战开始，周先生舍不得离开北平，也许是他自恃日人不会为难他。以我所知，他不是一个热衷仕进的人，也异于鲁迅之偏激孤愤。不过他表面上淡泊，内心里却是冷峭。他这种心情和他的身世有关。一九八二年九月二十日《联合报·万象》版登了一篇《高阳谈鲁迅心头的烙痕》：

鲁迅早期的著作，如《呐喊》等，大多在描写他的那场"家难"，其中主角是他的祖父周福清，同治十年三甲第十五名进士，外放江西金溪知县。光绪四年因案被议，降级改为"教谕"。周福清不愿做清苦的教官，改捐了一个"内阁中书"，做了十几年的京官。光绪十九年春天,周福清丁忧回绍兴原籍。这年因为下一年慈禧太后六旬万寿,举行癸巳恩科乡试;周福清受人之托,向浙江主考贿买关节,连他的儿子也就是鲁迅的父亲周用吉在内,一共是六个人,关节用"宸衷茂育"字样;另外"虚写银票洋银一万元",一起封入信封。投信的对象原是副主考周锡恩,哪知他的仆人在苏州误投到正主考殷如璋的船上。殷如璋不知究竟,拆开一看,方知贿买关节。那时苏州府知府王仁堪在座,而殷如璋与周福清又是同年,为了避嫌疑起见,明知必是误投,亦不能不扣留来人,送官究办。周福清就这样吃上了官司。

科场舞弊,是件严重的事。但从地方到京城,都因为明年是太后六十万寿,不愿兴大狱,刑部多方开脱,将周福清从斩罪上量减一等,改为充军新疆。历久相沿的制度是,刑部拟罪得重,由御笔改轻,表示"恩出自上";但这一回令人大出意外,御着批示:"周福清着改为斩监候,秋后处决。"

这一来,周家可就惨了。第二年太后万寿停刑,固可多活一年;但自光绪二十一年起,每年都要设法活动,将周福清的姓名列在"勾决"名册中"情实"一栏之外,才能免死。这笔花费是相当可观的。此外,周福清以"死囚"关在浙江臬司监狱中,如果希望获得较好的待遇,必须上下"打点",非大把银子不可。周用吉的健康状况很差,不堪这样沉重的负担,很快的就去世了。鲁迅兄弟被寄养在亲戚家,每天在白眼中讨生活;十几岁的少年,由此而形成的人格,不是鲁迅的偏激负气,就是周作人的冷漠孤傲,是件不难想象的事。

鲁迅的心头烙痕也正是周作人先生的心头烙痕，再加上抗战开始后北平爱国志士那一次的枪击，作人先生无法按捺他的激愤，遂失足成千古恨了。在后来国军撤离南京的前夕，蒋梦麟先生等还到监牢去探视过他，可见他虽然是罪有应得，但是他的老朋友们还是对他有相当的眷念。

一九七一年五月九日《中国时报》副刊有南宫搏先生一文《于〈知堂回想录〉而回想》，有这样的一段：

我曾写过一篇题为《先生，学生不伪!》不留余地指斥学界名人傅斯年。当时自重庆到沦陷区的接收大员，趾高气扬的正不乏人，傅斯年即为其中之一。我们总以为学界的人应该和一般官吏有所不同，不料以清流自命的傅斯年在北平接收时，也有那一副可憎的面目，连"伪学生"也说得出口！——他说"伪教授"其实也可恕了。要知政府兵败，弃土地、人民而退，要每一个人都亡命到后方去，那是不可能的。在敌伪统治下，为谋生而做一些事，更不能皆以汉奸目之，"饿死事小，失节事大"，说说容易，真正做起来，却并不是叫口号之易也。何况，平常做做小事而谋生，遽加汉奸帽子，在情在理，都是不合的。

南宫搏先生的话自有他的一面的道理，不过周作人先生无论如何不是"做做小事而谋生"，所以我们对于他的晚节不终只有惋惜，而且无法辩解。

记梁任公先生的一次演讲

梁任公先生晚年不谈政治,专心学术。大约在一九二一年左右,清华学校请他作第一次的演讲,题目是《中国韵文里表现的情感》。我很幸运的有机会听到这一篇动人的演讲。那时候的青年学子,对梁任公先生怀着无限的景仰,倒不是因为他是戊戌政变的主角,也不是因为他是云南起义的策划者,实在是因为他的学术文章对于青年确有启迪领导的作用。过去也有不少显宦以及叱咤风云的人物莅校讲话,但是他们没有能留下深刻的印象。

任公先生的这一篇讲演稿,后来收在《饮冰室文集》里。他的讲演是预先写好的,整整齐齐地写在宽大的宣纸制的稿纸上面,他的书法很是秀丽,用浓墨写在宣纸上,十分美观。但是读他这篇文章和听他这篇讲演,那趣味相差很多,犹之乎读剧本与看戏之迥乎不同。

我记得清清楚楚,在一个风和日丽的下午,高等科楼上大教堂里坐满了听众,随后走进了一位短小精悍秃头顶宽下巴的人物,穿着肥大的长袍,步履稳健,风神潇洒,左右顾盼,光芒四射,这就是梁任公先生。

他走上讲台,打开他的讲稿,眼光向下面一扫,然后是他的极简短的开场白,一共只有两句,头一句是:"启超没有什么学问——"眼睛向上一翻,轻轻点一下头:"可是也有一点喽!"这样谦逊同时又这样自负的话是很难得听到的。他的广东官话是很够标准的,距离国语甚远,但是他的声音沉着而有力,有时又是宏亮而激亢,所以我们还是能听懂他的每一字,我们甚至想,如果他说标准国语,其效果可能反要差一些。

我记得他开头讲一首古诗《箜篌引》:

公无渡河,公竟渡河!
渡河而死,其奈公何!

这四句十六字,经他一朗诵,再经他一解释,活画出一出悲剧,其中有起承转合,有情节,有背景,有人物,有情感。我在听先生这篇讲演后约二十余年,偶然获得机缘在茅津渡候船渡河,但见黄沙弥漫,黄流滚滚,景象苍茫,不禁哀从中来,顿时忆起先生讲的这首古诗。

先生博闻强记,在笔写的讲稿之外,随时引证许多作品,大部分他都能背诵得出。有时候,他背诵到酣畅处,忽然记不起下文,他便用手指敲打他的秃头,敲几下之后,记忆力便又畅通,成本大套地背诵下去了。他敲头的时候,我们屏息以待,他记起来的时候,我们也跟着他欢喜。

先生的讲演,到紧张处,便成为表演。他真是手之舞之足之蹈之,有时掩面,有时顿足,有时狂笑,有时叹息。听他讲到他最喜爱的《桃花扇》,讲到"高皇帝,在九天,不管……"那一段,他悲从中来,竟痛哭流涕而不能自已。他掏出手巾拭泪,听讲的人不知有几多也泪下沾巾了!又听他讲杜氏讲到"剑外忽传收蓟北,初闻涕泪满衣裳……",先生又真是于涕泗交流之中张口大笑了。

这一篇讲演分三次讲完,每次讲过,先生大汗淋漓,状极愉快。听过这讲演的人,除了当时所受的感动之外,不少人从此对于中国文学发生了强烈的爱好。先生尝自谓"笔锋常带情感",其实先生在言谈讲演之中所带的情感不知要更强烈多少倍!

有学问、有文采、有热心肠的学者,求之当世能有几人?于是我想起了从前的一段经历,笔而记之。

悼齐如山先生

精神矍铄谈笑风生

抗战期间,国立编译馆有一组人员从事平剧修订工作(后来由正中书局出版修订平剧选若干集),我那时适在北碚,遂兼主其事,在剧本里时遇到许多不易解决的问题,搔首踟蹰,不知如何落笔。同人都是爱好戏剧的朋友,其中有票友,也有戏剧学校毕业的,但是没有真正科班出身的,因此对平剧的传统的规矩与艺术颇感认识不足,常常谈到齐如山先生,如果能有机会向他请益,该有多好。

胜利后我到北平,因陈纪滢、王向辰两位先生之介得以拜识齐老先生,谈起来才知道齐老先生和先严在同文馆是同班同学,不过一是德文班一是英文班。齐老先生精神矍铄,谈笑风生,除了演剧的事情之外,他的兴趣旁及于小说及一切民间艺术,民间生活习惯以及风俗、沿革、掌故均能谈来头头是道、如数家珍。以知齐老先生是一个真知道生活艺术的人,对于人生有一份极深挚的爱,这种秉赋是很不寻常的。

年逾七十健壮如常

齐先生收藏甚富，包括剧本、道具、乐器、图书、行头等等。抗日军兴，他为保护这一批文献颇费了一番苦心，装了几百只大木箱存在一个比较安全的地方，胜利之后才取了出来。这时节"中国国剧学会"恢复，先生的收藏便得到了一个展览的地方。我记得是在东城皇城根一所宫殿式的房子，原属于故宫，有三间大殿作为展览室，有一座亭子作为客厅。院里有汉白玉的平台和台阶，平台有十来块圆形的大石头，中间有个窟窿，据说是插灯笼用的。我看有一块妨碍行路，便想把它搬开，岂知分量甚重，我摇撼一下便不再尝试。齐老先生走过来就给搬开了，脸不红气不喘，使我甚为惭愧。还有一次在齐先生书斋里，齐先生表演"打飞脚"，一个转身，一声拍脚声，干净利落，我们不由得喝彩。那时在座的有老伶工尚和玉先生，不觉技痒，起身打个飞脚。按说这是他的当行出色的拿手，不料拖泥带水、觳觫歪斜得几乎跌倒，有人上前把他扶住。那时候齐先生已有七十多岁，而尚健康如此。

提倡国剧不遗余力

中国国剧学会以齐先生为理事长，陈纪滢、王向辰和我都是理事，此外还延请了若干老伶工参加，如王瑶卿、王凤卿、尚和玉、侯喜瑞、萧长华、郝寿臣等，徐兰沅也在内。因为这个关系，我得有机会追随齐老先生之后遍访诸位伶工，听他们谈起内廷供奉以及当年的三庆四喜、梨园往事，真不禁令人发思古之幽情。由于我们的建议，后来在青年会开了一次国剧晚会，请老伶工十余位分别登台随意讲说他们的演剧的艺术。这些老人久已不与观众见面，故当时盛况空前。我们为国剧学会提出了许多工作计划，在齐老先生领导之下，我们不时的研讨如何整理、研究、保藏、传授国剧的艺术。可惜不到三年的功夫，平津弃守，国剧学会如烟云散，齐先生的收藏也十之八九丢弃在那里了。

我在一九四八年冬离平赴粤，随后接到齐老先生自基隆来信，附有纪游小诗二首。我知道他老先生已到台湾，深自为他庆幸，也奉和了两首歪诗。一九四九年我到台湾，因为事忙，很少机会趋候问安，但是经常看到他的写作，年事已高而笔墨不辍，真是惭愧后生。最近先生所著《国剧艺术汇考》出版，承赐一册，并在电话中嘱我批评。我不敢有负长辈厚意，写读后一文交《中国一周》，不数日而先生遽归道山！

钻研学问既专且精

先生对于国剧之贡献已无需多赘。我觉得先生治学为人最足令人心折之处有二：一是专精的研究精神，一是悠闲的艺术生活。

我们无论研究哪一学问，只要持之以恒，日积月累即有可观。这点道理虽是简单，实行却很困难。齐先生之于国剧是使用了他的毕生的精力，看他从年轻的时候热心戏剧起一直到倒在剧院里，真是始终如一的生死以之。他搜求的资料是第一手的,是从来没经人系统的整理过的,此中艰辛真是不足为外人道,而求学之乐亦正在于此。齐先生的这种专精的精神,是可以作我们的楷模的。

享受生活随遇而安

齐先生心胸开朗,了无执著,所以他能享受生活,把生活当作艺术来享受,所以他风神潇洒,望之如闲云野鹤。他并不是穷奢极侈地去享受耳目声色之娱,他是随遇而安的欣赏社会人生之形形色色。他有闲情逸致去研讨"三百六十行",他不吝与贩夫走卒为伍,他肯尝试各样各种的地方的小吃。有一次他请我们几个人吃"豆腐脑",在北平崇文门外有一家专卖豆腐脑的店铺,我这北平土著都不知道有这等的一个地方,果然吃得很满意。他的儿媳黄瑗珊女士精于烹调,有一部分可能是由于齐先生的指点。齐先生生活丰富,至老也不寂寞。他有浓烈的守旧的乡土观念,同时有极开通的自由的想法。看看他的家庭,看看他的生活方式,我们不能不钦佩他的风度。

老成凋谢,哲人其萎,怀想风范,不禁唏嘘!

忆老舍

我最初读老舍的《赵子曰》《老张的哲学》《二马》,未识其人,只觉得他以纯粹的北平土语写小说颇为别致。北平土语,像其他主要地区的土语一样,内容很丰富,有的是俏皮话儿,歇后语,精到出色的明喻暗譬,还有许多有声无字的词字。如果运用得当,北平土话可说是非常的生动有趣;如果使用起来不加检点,当然也可能变成为油腔滑调的"耍贫嘴"。以土话入小说本是小说家常用的一种技巧,可使对话格外显得活泼,可使人物个性格外显得真实突出。若是一部小说从头到尾,不分对话叙述或描写,一律使用土话,则自《海上花》一类的小说以后并不多见。我之所以注意老舍的小说者尽在于此。胡适先生对于老舍的作品评价不高,他以为老舍的幽默是勉强造作的。但一般人觉得老舍的作品是可以接受的,甚至颇表欢迎。

抗战后,老舍有一段期间住在北碚,我们时相过从。他又黑又瘦,甚为憔悴,平常总是佝偻着腰,迈着四方步,说话的声音低沉,徐缓,但是有风趣。他和王老向住在一起,生活当然是很清苦的。在名义上他是中国文艺界抗敌协会的负责人,事实上这个组织的分子很复杂,有不少野心分子企图从中操纵把持。老舍对待谁都是一样的和蔼亲切,存心厚道,所以他的人缘好。

有一次北碚各机关团体以国立编译馆为首发起募款劳军晚会,一连两晚,盛况空前,把北碚儿童福利试验区的大礼堂挤得水泄不通。国立礼乐馆的张充和女士多才多艺,由我出面邀请,会同编译馆的姜作栋先生(名伶钱金福的弟子),合演一出《刺虎》,唱做之佳至今令人不能忘。在这一出戏之前,垫一段对口相声。这是老舍自告奋勇的,蒙他选中了我做搭档,头一晚他"逗哏"我"捧哏",第二晚我逗他捧,事实上挂头牌的当然应该是他。他对相声特有研究,在北平长大的谁没有听过焦德海草上飞?但是能把相声全本大套的背诵下来则并非易事。如果我不答应上台,他即不肯露演,我为了劳军只好勉强同意。老舍嘱咐我说:"说相声第一要沉得住气,放出一副冷面孔,永远不许笑,而且要控制住观众的注意力,用干净利落的口齿在说到紧要处使出全副气力斩钉断铁一般迸出一句俏皮话,则全场必定爆出一片彩声哄堂大笑,用句术语来说,这叫作'皮儿薄',言其一戳即破。"我听了之后连连辞谢说:"我办不了,我的皮儿不薄。"他说:"不要紧,咱们练着瞧。"于是他把词儿写出来,一段是《新洪羊洞》,一段是《一家六口》,这都是老相声,谁都听过,相声这玩艺儿不嫌其老,越是经过千锤百炼的玩艺儿越惹人喜欢,借着演员的技艺风度之各有千秋而永远保持新鲜的滋味。相声里面的粗俗玩笑,例如"爸爸"二字刚一出口,对方就得赶快顺口答腔的说声"啊",似乎太无聊,但是老舍坚持不能删免,据他看相声已到了至善至美的境界,不可稍有损益。是我坚决要求,他才同意在用折扇敲头的时候只要略为比划而无需真打。我们认真的排练了好多次。到了上演的那一天,我们走到台的前边,泥雕木塑一般绷着脸肃立片刻,观众已经笑不可抑,以后几乎只能在阵阵笑声之间的空隙进行对话。该用折扇敲头的时候,老舍不知是一时激动忘形,还是有意违反诺言,抡起大折扇狠狠地向我打来,我看来势不善,向后一闪,折扇正好打落了我的眼镜,说时迟,那时快,我手掌向上两手平伸,正好托住那落下来的眼镜,我保持那个姿势不动,彩声历久不绝,有人以为这是一手绝活儿,还高呼:"再来一回!"

我们那一次相声相当成功,引出不少人的邀请,我们约定不再露演,除非是至抗战胜利再度劳军的时候。

老舍的才华是多方面的,长短篇的小说,散文,戏剧,白话诗,无一不能,无一不精。而且他有他的个性,绝不俯仰随人。我现在检出一封老舍给我的信,是他离开北碚之后写的,那时候他的夫人已自北平赶来四川,但是他的生活更陷于苦闷。他患有胃下垂的毛病,割盲肠的时候用一小时余还寻不到盲肠,后来在腹部的左边找到了。这封信附有七律五首,由此我们也可窥见他当时的心情的又一面。

前几年王敬羲从香港剪写老舍短文一篇,可惜未注明写作或发表的时间及地点,题为《春来忆广州》,看他行文的气质,已由绚烂趋于平淡,但是有一缕惆怅悲哀的情绪流露在字里行间。听说他

去年已作了九泉之客,又有人说他尚在人间。是耶非耶,其孰能辨之?兹将这一小文附录于后:

春来忆广州

我爱花。因气候、水土等等关系,在北京养花,颇为不易。冬天冷,院里无法摆花,只好都搬到屋里来。每到冬季,我的屋里总是花比人多,形势逼人!屋中养花,有如笼中养鸟,即使用心调护,也养不出个样子来。除非特建花室,实在无法解决问题。我的小院里,又无隙地可建花室!

一看到屋中那些半病的花草,我就立刻想起美丽的广州来。去年春节后,我不是到广州住了一个月吗?哎呀,真是了不起的好地方!人极热情,花似乎也热情!大街小巷,院里墙头,百花齐放,欢迎客人,真是"交友看花在广州"啊!

在广州,对着我的屋门便是一株象牙红,高与楼齐,盛开着一丛红艳夺目的花儿,而且经常有很小的小鸟,钻进那朱红的小"象牙"里,如蜂采蜜。真美!只要一有空儿,我便坐在阶前,看那些花与小鸟。在家里,我也有一棵象牙红,可是高不及三尺,而且是种在盆子里。它入秋即放假休息,入冬便睡大觉,且久久不醒,直到端阳左右,它才开几朵先天不足的小花,绝对没有那种秀气的小鸟作伴!现在,它正在屋角打盹,也许跟我一样,正想念它的故乡广东吧?

春天到来,我的花草还是不易安排:早些移出去吧,怕风霜侵犯;不搬出去吧,又都发出细条嫩叶,很不健康。这种细条子不会长出花来。看着真令人焦心!

好容易盼到夏天,花盆都运至院中,可还不完全顺利。院小,不透风,许多花儿便生了病。特别由南方来的那些,如白玉兰、栀子、茉莉、小金桔、茶花……也不知怎么就叶落枝枯,悄悄死去。因此,我打定主意,在买来这些比较娇贵的花儿之时,就认为它们不能长寿,尽到我的心,而又不作幻想,以免枯死的时候落泪伤神。同时,也多种些叫它死也不肯死的花草。如夹竹桃之类,以期老有些花儿看。

夏天,北京的阳光过暴,而且不下雨则已,一下就是倾盆倒海而来,势不可当,也不利于花草的生长。

秋天较好,可是忽然一阵冷风,无法预防,娇嫩些的花儿就受了重伤。于是,全家动员,七手八脚,往屋里搬呀,各屋里都挤满了花盆,人们出来进去都须留神,以免绊倒!

真羡慕广州的朋友们,院里院外,四季有花,而且是多么出色的花呀!白玉兰高达数丈,干子比我的腰还粗!英雄气概的木棉,昂首天外,开满大红花,何等气势!就连普通的花儿,四季海棠与绣球什么的,也特别壮实,叶茂花繁,花小而气魄不小!看,在冬天,窗外还有结实累累的木瓜呀!真没法儿比!一想起花木,也就更想念朋友们!

我的一位国文老师

我在十八九岁的时候,遇见一位国文先生,他给我的印象最深,使我受益也最多,我至今不能忘记他。

先生姓徐,名镜澄,我们给他取的绰号是"徐老虎",因为他凶。他的相貌很古怪,他的脑袋的轮廓是有棱有角的,很容易成为漫画的对象。头很尖,秃秃的,亮亮的,脸形却是方方的,扁扁的,有些像《聊斋志异》绘图中的夜叉的模样。他的鼻子、眼睛、嘴好像是过分的集中在脸上很小的一块区域里。他戴一副墨晶眼镜,银丝小镜框,这两块黑色便成了他脸上最显著的特征。我常给他漫画,勾一个轮廓,中间点上两块椭圆形的黑块,便惟妙惟肖。他的身材高大,但是两肩总是耸得高高的;鼻尖有一些红,像酒糟的,鼻孔里常川的藏着两筒清水鼻涕,不时地吸溜着,说一两句话就要用力地吸溜一声,有板有眼有节奏,也有时忘了吸溜,走了板眼,上唇上便亮晶晶的吊出两根玉箸,他用手背一抹。他常穿的是一件灰布长袍,好像是在给谁穿孝,袍子在整洁的阶段时我没有赶得上看见，余生也晚，我看见那袍子的时候即已油渍斑烂。他经常是仰着头，迈着八字步，两眼望青天，嘴撇得瓢儿似的。我很难得看见他笑，如果笑起来，是狞笑，样子更凶。

我的学校是很特殊的。上午的课全是用英语讲授，下午的课全是国语讲授。上午的课很严，三日一问，五日一考，不用功便要被淘汰，下午的课稀松，成绩与毕业无关。所以每到下午上国文之类的课程，学生们便不踊跃，课堂上常是稀稀拉拉的不大上座，但教员用拿毛笔的姿势举着铅笔点名的时候，学生却个个都到了，因为一个学生不只答一声到。真到了的学生，一部分是从事午睡，微发鼾声，一部分看小说如《官场现形记》《玉梨魂》之类，一部分写"父母亲大人膝下"式的家书，一部分干脆瞪着大眼发呆，神游八表。有时候逗先生开顽笑。国文先生呢，大部分都是年高有德的，不是榜眼，就是探花，再不就是举人。他们授课也不过是奉行故事，乐得敷敷衍衍。在这种糟糕的情形之下，徐老先生之所以凶，老是绷着脸，老是开口就骂人，我想大概是由于正当防卫吧。

有一天，先生大概是多喝了两盅，摇摇摆摆地进了课堂。这一堂是作文，他老先生拿起粉笔在黑板上写了两个字，题目尚未写完，当然照例要吸溜一下鼻涕。就在这吸溜之际，一位性急的同学发问了："这题目怎样讲呀？"老先生转过身来，冷笑两声，勃然大怒："题目还没有写完，写完了当然还要讲，没写完你为什么就要问？……"滔滔不绝地吼叫起来，大家都为之愕然。这时候我可按捺不住了。我一向是个上午捣乱下午安分的学生，我觉得现在受了无理的侮辱，我便挺身分辩了几句。这一下我可惹了祸，老先生把他的怒火都泼在我的头上了。他在讲台上来回踱着，吸溜一下鼻涕，骂我一句，足足骂了我一个钟头，其中警句甚多，我至今还记得这样的一句：

"xxx！你是什么东西？我一眼把你望到底！"

这一句颇为同学们所传诵。谁和我有点争论遇到纠缠不清的时候，都会引用这一句"你是什么东西？我把你一眼望到底！"当时我看形势不妙，也就没有再多说，让下课铃结束了先生的怒骂。

但是从这一次起，徐先生算是认识我了。酒醒之后，他给我批改作文特别详尽。批改之不足，还特别的当面加以解释。我这一个"一眼望到底"的学生，居然成为一个受益最多的学生了。

徐先生自己选辑教材，有古文，有白话，油印分发给大家。《林琴南致蔡孑民书》是他讲得最为眉飞色舞的一篇。此外如吴敬恒的《上下古今谈》、梁启超的《欧游心影录》，以及张东荪的《时事新报》社论，他也选了不少。这样新旧兼收的教材，在当时还是很难得的开通的榜样。我对于国文的兴趣因此而提高了不少。徐先生讲国文之前，先要介绍作者，而且介绍得很亲切，例如他讲张东荪的文字时，便说："张东荪这个人，我倒和他一桌上吃过饭……"这样的话是相当的可以使学生们吃惊的。吃惊的是，我们的国文先生也许不是一个平凡的人吧，否则怎样会能够和张东荪一桌上吃过饭！

徐先生于介绍作者之后，朗诵全文一遍。这一遍朗诵可很有意思。他打着江北的官腔，咬牙切齿地大声读一遍，不论是古文或白话，一字不苟的吟咏一番，好像是演员在背台词，他把文字里的蕴藏着的意义好像都给宣泄出来了。他念得有腔有调，有板有眼，有情感有气势，有抑扬顿挫，我们听了之后，好像是已经理会到原文的意义的一半了。好文章掷地作金石声，那也许是过分夸张，但必须可以琅琅上口，那却是真的。

徐先生之最独到的地方是改作文。普通的批语"清通""尚可""气盛言宜"，他是不用的。他最擅长的是用大墨杠子大勾大抹，一行一行的抹，整页整页的勾；洋洋千余言的文章，经他勾抹之后，所余无几了。我初次经此打击，很灰心，很觉得气短，我掏心挖肝的好容易诌出来的句子，轻轻的被他几杠子就给抹了。但是他郑重的给我解释一会，他说："你拿了去细细的体味，你的原文是软爬爬的，冗长，懈啦光唧的，我给你勾掉了一大半，你再读读看，原来的意思并没有失，但是笔笔都立起来了，虎虎有生气了。"我仔细一揣摩，果然。他的大墨杠子打得是地方，把虚泡囊肿的地方全削去了，剩下的全是筋骨。在这删削之间见出他的功夫。如果我以后写文章还能不多说废话，还能有一点点硬朗挺拔之气，还知道一点"割爱"的道理，就不能不归功于我这位老师的教诲。

徐先生教我许多作文的技巧。他告诉我，"作文忌用过多的虚字"，该转的地方，硬转，该接的地方，硬接，文章便显着朴拙而有力。他告诉我，文章的起笔最难，要突兀矫健，要开门见山，要一针见血，才能引人入胜，不必兜圈子，不必说套语。他又告诉我，说理说至难解难分处，来一个譬喻，则一切纠缠不清的论难都迎刃而解了，何等经济，何等手腕！诸如此类的心得，他传授我不少，我至今受用。

　　我离开先生已将近五十年了，未曾与先生一通音讯，不知他云游何处，听说他已早归道山了。同学们偶尔还谈起"徐老虎"，我于回忆他的音容之余，不禁的还怀着怅惘敬慕之意。

辜鸿铭先生轶事

辜鸿铭先生以茶壶譬丈夫,以茶杯譬妻子,故赞成多妻制,诚怪论也。

先生之怪论甚多,常告人以姓辜之故,谓始祖寔为罪犯。又言始祖犯罪,不足引以为羞;若数典忘祖,方属可耻云。

先生深于英国文学之素养。或叩以养成之道,曰:先背熟一部名家著作做根基。又言今人读英文十年,开目仅能阅报,伸纸仅能修函,皆由幼年读一猫一狗式之教科书,是以终其身只有小成。先生极赞成中国私塾教授法,以开蒙未久,即读四书五经,尤须背诵如流水也。

先生之书法,极天真烂漫之致,别字虽不甚多,亦非极少。盖先生生于异国,学于苏格兰,比壮年入张之洞幕,始沉潜于故邦载籍云。

先生好选《诗经》中成句,译英文诗,虽未能天衣无缝,亦颇极传神之妙,惜以古衣冠加于无色民族之身上耳。先生以"情"译

"Poetry",以"理"译"Philosophy",以"事"译"History",以"物"译"Science",以"阴阳"译"Physic",以"五行"译"Chemistry",以"红福"译"Juno",以"清福"译"Minerva",以"艳福"译"Venus",于此可见其融合中外之精神。

先主喜征逐之乐,顾不修边幅,既垂长辫,而枣红袍与天青褂上之油腻,尤可鉴人,粲者立于其前,不须揽镜,即有顾影自怜之乐。先生对于妓者颇有同情,恒操英语曰:"Prostitude 者,Destitude 也。"(意谓卖淫者卖穷也。)

先生多情而不专,夫人在一位以上。尝娶日妇,妇死,哭之悲,悼亡之痛,历久不渝。先生尝患贫,顾一闻丐者呼号之声,立即拔关而出,畀以小银币一二枚,勃谿之声,尝因之而起。

先生操多种方言,通几国文字;日之通士,尤敬慕先生,故日本人所办之英文报纸,常发表先生忠君爱国之文字。文中畅引中国经典,滔滔不绝,其引文之长,令人兴喧宾夺主之感,顾趣味弥永。凡读其文者只觉其长,并不觉其臭。

忆沈从文

一九六八年六月九日《中央日报》方块文章井心先生记载着："以写作手法新颖，自成一格……的作者沈从文，不久以前，在大陆因受不了迫害而死。听说他喝过一次煤油，割过一次静脉，终于带着不屈服的灵魂而死去了。"

接着又说："他出身行伍，而以文章闻名；自称小兵，而面目姣好如女子，说话、态度尔雅、温文……""他写得一手娟秀的《灵飞经》……"这几句话描写得确切而生动，使我想起沈从文其人。

我现在先发表他一封信，大概是民国十九年间他在上海时候写给我的。信的内容没有什么可注意的，但是几个字写得很挺拔而俏丽。他最初以"休芸芸"的笔名向《晨报副镌》投稿时，用细尖钢笔写的稿子就非常地出色，徐志摩因此到处揄扬他。后来他写《阿丽丝中国游记》分期刊登《新月》，我才有机会看到他的笔迹，果然是秀劲不凡。

辑三　似水流年，浅忆为安

从文虽然笔下洋洋洒洒，却不健谈，见了人总是低着头羞答答的，说话也是细声细气。关于他"出身行伍"的事他从不多谈。他在十九年三月写过一篇《从文自序》，关于此点有清楚的交代，他说：

"因为生长地方为清时屯戍重镇，绿营制度到近年尚依然存在，故于过去祖父曾入军籍，做过一次镇守使，现在兄弟及父亲皆仍在军籍中做中级军官。因地方极其偏僻，与苗民杂处聚居，教育文化皆极低落，故长于其环境中的我，幼小时显出生命的那一面，是放荡与诡诈。十二岁我曾受过关于军事的基本训练，十五岁时随军外出，曾做上士。后到沅州，为一城区屠宰收税员，不久又以书记名义，随某剿匪部队在川、湘、鄂、黔四省边上过放纵、野蛮约三年。因身体衰弱，年龄渐长，从各样生活中养成了默想与体会人生趣味的习惯，对于过去生活有所怀疑，渐觉有努力位置自己在一陌生事业上之必要。因这憧憬的要求，糊糊涂涂地到了北京。"

这便是他早年从军经过的自白。

由于徐志摩的吹嘘，胡适之先生请他到中国公学教国文，这是一件极不寻常的事，因为一个没有正常的适当的学历、资历的青年而能被人赏识于牝牡骊黄之外，是很不容易的。从文初登讲坛，怯场是意中事，据他自己说，上课之前做了充分准备，以为资料足供一小时使用而有余，不料面对黑压压一片人头，三言两语地就把要说的话都说完了，剩下许多时间非得临时编造不可，否则就要冷场，这使他颇为受窘。一位教师不善言辞，不算是太大的短处，若是没有足够的学识，便难获得大家的敬服。因此之故，从文虽然不是顶会说话的人，仍不失为成功的受欢迎的教师。记问之学不足以为人师，需要有启发别人的力量才不愧为人师，在这一点上从文有他独到之处，因为他有丰富的人生经验和好学深思的性格。

在中国公学一段时间，他最大的收获大概是他的婚姻问题的解决。英语系的女生张兆和女士是一个聪明用功而且秉性端庄的小姐，她的家世很好，多才多艺的张充和女士便是她的胞姊。从文因授课的关系认识了她，而且一见钟情。凡是沉默寡言笑的人，一旦堕入情网，时常是一往情深，一发而不可收拾。从文尽管颠倒，但是没有得到对方青睐。他有一次急得想要跳楼。他本有流鼻血的毛病，几番挫折之后，苍白的面孔愈发苍白了。他会写信，以纸笔代喉舌。张小姐实在被缠不过，而且师生恋爱声张开来也是令人很窘的，于是有一天，她带着一大包从文写给她的信去谒见胡校长，请他做主制止这一扰人举动的发展。她指出了信中这样的一句话："我不仅爱你的灵魂，我也要你的肉体。"她认为这是侮辱。胡先生皱着眉头，板着面孔，细心听她陈述，然后绽出一丝笑容，温和地对她说："我劝你嫁给他。"张女士吃一惊，但是禁不住胡先生诚恳的解说，居然急转直下默不做声地去了。胡先生曾自诩善于为人作伐，从文的婚事得谐便是他常常乐道的一例。

在青岛大学，从文教国文，大约一年就随杨振声（今甫）先生离开青岛到北平居住。今甫到了夏季就搬到颐和园赁屋消暑，和他做伴的是一位干女儿，自称过的是帝王生活，悠哉游哉地享受那园中的风光湖色。此时从文给今甫做帮手,编中学国文教科书,所以也常常在颐和园出出进进。书编得很精彩,偏重于趣味。可惜不久抗战军兴,书甫编竣,已不合时代需要,故从未印行。

从文一方面很有修养,一方面也很孤僻,不失为一个特立独行之士。像这样不肯随波逐流的人,如何能不做了时代的牺牲?他的作品有四十几种,可谓多产,文笔略带欧化语气,大约是受了阅读翻译文学作品的影响。

此文写过,又不敢相信报纸的消息,故未发表。读聂华苓女士作《沈从文评传》(英文本,一九七二年纽约 Twayne Publishers 出版),果然好像从文尚在人间。人的生死可以随便传来传去,真是人间何世!

忆青岛

"上有天堂，下有苏杭。"天堂我尚未去过。《启示录》所描写的"从天上上帝那里降下来的圣城耶路撒冷，那城充满着上帝的荣光，闪烁像碧玉宝石，光洁像水晶"，城墙是碧玉造的，城门是珍珠造的，街道是纯金的。珠光宝气，未能免俗。真不想去。新的耶路撒冷是这样的，天堂本身如何，可想而知。至于苏杭，余生也晚，没赶上当年的旖旎风光。我知道苏州有一个顽石点头的地方，有亭台楼阁之胜，网师渔隐，拙政灌园，均足令人向往。可是想到一条河里同时有人淘米洗锅刷马桶，不禁胆寒。杭州是白傅留诗苏公判牍的地方，荷花十里，桂子三秋，曾经一度被人当作汴州。如今只见红男绿女游人如织，谁有心情看浓妆淡抹的山色空蒙。所以苏杭对我也没有多少号召力。

我曾梦想，如果有朝一日，可以安然退休，总要找一个比较舒适安逸的地点去居住。我不是不知道随遇而安的道理。

辑三　似水流年，浅忆为安

树下一卷诗，
一壶酒，一条面包——
荒漠中还有你在我身边歌唱——
啊，荒漠也就是天堂！

　　这只是说说罢了。荒漠不可能长久地变成天堂。我不存幻想，只想寻找一个比较能长久地居之安的所在。我是北平人，从不以北平为理想的地方。北平从繁华而破落，从高雅而庸俗、而恶劣，几经沧桑，早已无复旧观。我虽然足迹不广，但北自辽东，南至百粤，也走过了十几省，窃以为真正令人流连不忍去的地方应推青岛。

　　青岛位于东海之滨，在胶州湾之入口处，背山面海，形势天成。光绪二十三年（一八九七）德国强租胶州湾，辟青岛为市场，大事建设。直到如今，青岛的外貌仍有德国人的痕迹。例如房屋建筑，屋顶一律使用红瓦片，山坡起伏绿树葱茏之间，红绿掩映，饶有情趣。民国三年青岛又被日本夺占，民国十一年才得收回。迨后虽然被几个军阀盘据，表面上没有遭到什么破坏。当初建设的根底牢固，就是要糟蹋一时也糟蹋不了。青岛的整齐清洁的市容一直维持了下来。我想在全国各都市里，青岛是最干净的一个。"无风三尺土，有雨一街泥"的北平不能比。

　　青岛的天气属于大陆气候，但是有海湾的潮流调剂，四季的变化相当温和。称得上是："春有百花秋有月，夏有凉风冬有雪"的好地方。冬天也有过雪，但是很少见，屋里面无需生火不会结冰。夏天的凉风习习，秋季的天高气爽，都是令人喜的，而春季的百花齐放,更是美不胜收。樱花我并不喜欢,虽然第一公园里整条街的两边都是樱花树,繁花如簇,一片花海,游人摩肩接踵,蜜蜂嗡嗡之声震耳,可是花没有香气,没有姿态。樱花是日本的国花,日本和我们有血海深仇,花树无辜,但是我不能不连带着对它有几分憎恶!我喜欢的公园里培养的那一大片娇艳欲滴的西府海棠。杜甫诗里没有提起过它,历代诗人词人歌咏赞叹它的不在少数。上清宫的牡丹高与檐齐,别处没有见过,山野有此丽质,没有人嫌它有富贵气。

推开北窗,有一层层的青山在望。不远的一个小丘有一座楼阁矗立,像堡垒似的,有俯瞰全市傲视群山之势,人称总督府,是从前德国总督的官邸,平民是不敢近的,青岛收回之后作为冠盖往来的饮宴之地,平民还是不能进去的(听说后来有时候也偶尔开放)。里面是什么样子我不知道,也不想知道。还有人说里面闹鬼。反正这座建筑物,尽管相当雄伟,不给人以愉快的印象,因为它带给我们耻辱的回忆。

其实青岛本身没有高山峻岭,邻近的劳山,亦作崂山,又称牢山,却是峣峥巉险,为海滨一大名胜。读《聊斋志异·劳山道士》,早已心向往之,以为至少那是一些奇人异士栖息之所。由青岛驱车至九水,就是山麓,清流汩汩,到此尘虑全消。舍车扶策步行上山,仰视峰嶝,但见参嵯翳日,大块的青石陡峭如削,绝似山水画中之大斧劈的皴法,而且牛山濯濯,没有什么迎客松五老松之类的点缀,所以显得十分荒野。有人说这样的名山而没有古迹岂不可惜,我说请看随便哪一块巍巍的巨岩不是大自然千百万年锤炼而成,怎能说没有古迹?几小时的登陟,到了黑龙潭观瀑亭,已经疲不能兴。其他胜境如清风岭碧落岩,则只好留俟异日。游山逛水,非徒乘兴,也须有济胜之具才成。

青岛之美不在山而在水。汇泉的海滩宽广而水浅,坡度缓,作为浴场据说是东亚第一。每当夏季,游客蜂拥而至,一个个一双双的玉体横陈,在阳光下干晒,晒得两面焦,扑通一声下水,冲凉了再晒。其中有佳丽,也有老丑。玩得最尽兴的莫过于夫妻俩携带着小儿女阖第光临。小孩子携带着小铲子小耙子小水桶,在沙滩上玩沙土,好像没个够。在这万头攒动的沙滩上玩腻了,缓步踱到水族馆,水族固有可观,更妙的是下面岩石缝里有潮水冲积的小水坑,其中小动物很多。如寄生蟹,英文叫 hermit crab,顶着螺蛳壳乱跑,煞是好玩。又如小型水母,像一把伞似的一张一阖,全身透明。孩子们利用他们的小工具可以罗掘一小桶,带回家去倒在玻璃缸里玩,比大人玩热带鱼还兴致高。如果还有余勇可贾,不妨到栈桥上走一遭。桥尽头处有一个八角亭,额曰回澜阁。在那里观壮阔之波澜,当大王之雄风,也是一大快事。

汇泉在冬天是被遗弃的,却也别有风致。在一个隆冬里,我有一回偕友在汇泉闲步,在沙滩上走着走着累了,便倒在沙上晒太阳,和风吹着我们的脸。整个沙滩属于我们,没有旁人,最后来了一个老人向我们兜售他举着的冰糖葫芦。我们在近处一家餐厅用膳,还喝了两杯古拉索(柑香酒)。尽一日欢,永不能忘。

汇泉冬夜涨潮时,潮水冲上沙滩又急遽地消退,轰隆呜咽,往复不已。我有一个朋友赁居汇泉尽头,出户不数步就是沙滩,夜闻涛声不能入眠,匆匆移去。我想他也许没有想到,那就是观音说教的海潮音,乃觌面失之。

说来惭愧,"饮食之人"无论到了什么地方总是不能忘情口腹之欲。青岛好吃的东西很多。牛肉最好,销行国内外。德国人佛劳塞尔在中山路开一餐馆,所制牛排我认为是国内第一。厚厚大大的一块牛排,煎得外焦里嫩,切开之后里面微有血丝。牛排上面覆以一枚嫩嫩的荷包蛋,外加几根炸番薯。这样的一份牛排,要两元钱,佐以生啤酒一大杯,依稀可以领略樊哙饮酒切肉之豪兴。内行人说,食牛肉要在星期三四,因为周末屠宰,牛肉筋脉尚生硬,冷藏数日则软硬恰到好处。佛劳塞尔店主善饮,我在一餐之间看他在酒桶之前走来走去,每经酒桶即取饮一杯,不下七八杯之数,无怪他大腹便便,如酒桶然。这是五十年前旧话,如今这个餐馆原址闻已变成邮局,佛劳塞尔如果尚在人间当在百龄以上。

青岛的海鲜也很齐备。像蚶、蛤、牡蛎、虾、蟹以及各种鱼类应有尽有。西施舌不但味鲜,名字也起得妙,不过一定要不惜工本,除去不大雅观的部分,专取其洁白细嫩的一块小肉,加以烹制,才无负于其美名,否则就近于唐突西施了。以清汤汆煮为上,不宜油煎爆炒。顺兴楼最善烹制此味,远在闽浙一带的餐馆以上。我曾在大雅沟菜市场以六元市得鲖鱼一尾,长二尺半有余,小口细鳞,似才出水不久,归而斩成几段,阖家饱食数餐,其味之腴美,从未曾有。菜蔬方面隽品亦多。蒲菜是自古以来的美味,诗经所说"其蔌维何,维笋及蒲",蒲的嫩芽极细致清脆。青岛的蒲菜好像特别粗壮,以做羹汤最为爽口。再就是附近潍县的大葱,粗壮如甘蔗,细嫩多汁。一日,有客从远道来,止于寒舍,惟索烙饼大葱,他非所欲。乃如命以大葱进,切成段段,如甘蔗状,堆满大大一盘。客食之尽,谓乃生平未有之满足。青岛一带的白菜远销上海,短粗肥壮而质地细嫩。一般人称之为山东白菜。古人所称道的"春韭秋菘",菘就是这大白菜。白菜各地皆有,种类不一,以山东白菜为最佳。

青岛不产水果,但是山东半岛许多名产以青岛为集散地。例如莱阳梨,此梨产在莱阳的五龙河畔,因沙地肥沃,故品质特佳。外表不好看,皮又粗糙,但其细嫩酥脆甜而多浆,绝无渣滓,美得令人难以相信,大的每个重十两以上。再如肥城桃,皮破则汁流,真正是所谓水蜜桃,海内无其匹,吃一个抵得半饱。今之人多喜怀乡,动辄曰吾乡之梨如何,吾乡之桃如何,其夸张心理可以理解。但如食之以莱阳梨、肥城桃,两相比较,恐将哑然失笑。他如烟台之香蕉苹果玫瑰葡萄,也是青岛市面上常见的上品。

一般山东人的特性是外表倔强豪迈,内心敦厚温和。宦场中人,大部分肉食者鄙,各地皆然,固无足论。观风问俗,宜对庶民着眼。青岛民风淳厚,每于细民中见之。我初到青岛,看到人力车夫从不计较车资,乘客下车一律付与一角,路程远则付二角,无争论者。这是全国所没有的现象。有人说这是德国人留下的无形的制度,无论如何这种作风能维持很久便是难能可贵。青岛市面上绝少讨价还价的恶习。虽然小事一端,代表意义很大。无怪乎有人感叹,齐鲁本是圣人之邦,青岛焉能不绍其余绪?

我家里请了一位厨司老张,他是一位异人。他的手艺不错,蒸馒头,烧牛尾,都很擅长。每晚膳事完毕,沐浴更衣外出,夜深始返。我看他面色苍白削瘦,疑其吸毒涉赌。我每日给他菜钱二元,有时候他只飨我以白菜、豆腐之类,勉强可以果腹而已。我问他何以至此,他惨笑不答。过几天忽然大鱼大肉罗列满桌,俨若筵席,我又问其所以,他仍微笑不语。我懂了,一定是昨晚赌场大赢。几番钉问之后,他最后进出这样的一句:"这就是一点良心!"

我赁屋于鱼山路七号,房主王君乃铁路局职员,以其薄薪多年积蓄成此小筑。我于租满前三个月退租离去,仍依约付足全年租赁,王君坚不肯收,争执不已,声达户外。有人叹曰:"此君子国也。"

我在青岛居住四年,往事如烟。如今隔了半个世纪,人事全非,山川有异。悬想可以久居之地,乃成为缥缈之乡!噫!

双城记

这"双城记"与狄更斯的小说《二城故事》无关。

我所谓的"双城"是指我们的台北与美国的西雅图。对这两个城市,我都有一点粗略的认识。在台北我住了三十多年,搬过六次家,从德惠街搬到辛亥路,吃过拜拜,挤过花朝,游过孔庙,逛过万华,究竟所知有限。高阶层的灯红酒绿,低阶层的褐衣蔬食,接触不多,平素交游活动的范围也很狭小,疏慵成性,画地为牢,中华路以西即甚少涉足。西雅图(简称西市)是美国西北部一大港口,若干年来我曾访问过不下十次,居留期间长则三两年,短则一两月,闭门家中坐的时候多,因为虽有胜情而无济胜之具,即或驾言出游,也不过是浮光掠影。所以我说我对这两个城市,只有一点粗略的认识。

我向不欲侈谈中西文化,更不敢妄加比较。只因所知不够宽广,不够深入。中国文化历史悠久,不是片言可以概括;西方文化也够博大精深,非一时一地的一鳞半爪所能代表。我现在所要谈的只是就两个城市,凭个人耳目所及,一些浅显的感受或观察。"贤者识其大,不贤者识其小",如是而已。

两个地方的气候不同。台北地处亚热带,又是一个盆地,环市皆山。我从楼头俯瞰,常见白茫茫的一片,好像有"气蒸云梦泽"的气势。到了黄梅天,衣服被褥总是湿漉漉的。夏季午后常有阵雨,来得骤,去得急,雷电交掣之后,雨过天晴。台风过境,则排山倒海,像是要耸散穹隆,应是台湾一景,台北也偶叨临幸。西市在美国西北隅海港内,其纬度相当于我国东北之哈尔滨与齐齐哈尔,赖有海洋暖流调剂,冬天虽亦雨雪霏霏而不至于酷寒,夏季则早晚特凉,夜眠需拥重毯。也有连绵的霪雨,但晴时天朗气清,长空万里。我曾见长虹横亘,作一百八十度,罩盖半边天。凌晨四时,暾出东方,日薄崦嵫要在晚间九时以后。

我从台北来,着夏季衣裳,西市机场内有暖气,尚不觉有异,一出机场大门立刻觉得寒气逼人,家人乃急以厚重大衣加身。我深吸一口大气,沁人肺腑,有似冰心在玉壶。我回到台北去,一出有冷气的机场,熏风扑面,遍体生津,俨如落进一镬热粥糜。不过人各有所好,不可一概而论。我认识一位生长台北而长居西市的朋友,据告非常想念台北,想念台北的一切,尤其是想念台北夏之湿粘燠热的天气!

西市的天气干爽,凭窗远眺,但见山是山,水是水,红的是花,绿的是叶,轮廓分明,纤微毕现,而且色泽鲜艳。我们台北路边也有树,重阳木、霸王椰、红棉树、白千层……都很壮观,不过,树叶上蒙了一层灰尘,只有到了阳明山才能看见像打了蜡似的绿叶。

西市家家有烟囱，但是个个烟囱不冒烟。壁炉里烧着火光熊熊的大木橛，多半是假的，是电动的机关。晴时可以望见积雪皑皑的瑞尼尔山，好像是浮在半天中；北望喀斯开山脉若隐若现。台北则异于是。很少人家有烟囱，很多人家在房顶上、在院子里、在道路边烧纸、烧垃圾，东一把西一股烟，大有"夜举烽，画燔燧"之致。凭窗亦可看山，我天天看得见的是近在咫尺的蟾蜍山。近山绿，远山青。观音山则永远是淡淡的一抹花青，大屯山则更常是云深不知处了。不过我们也不可忘记，圣海伦斯火山爆发，如果风向稍偏一点，西市也会变得灰头土脸。

对于一个爱花木的人来说，两城各有千秋。西市有著名的州花山杜鹃，繁花如簇，光艳照人，几乎没有一家庭园间不有几棵点缀。此外如茶花、玫瑰、辛夷、球茎海棠，也都茁壮可喜。此地花厂很多，规模大而品类繁。最难得的是台湾气候养不好的牡丹，此地偶可一见。友人马逢华伉俪精心培植了几株牡丹，黄色者尤为高雅，我今年来此稍迟，枝头仅余一朵，蒙剪下见贻，案头瓶供，五日而谢。严格讲，台北气候、土壤似不特宜莳花，但各地名花荟萃于是。如台北选举市花，窃谓杜鹃宜推魁首。这杜鹃不同于西市的山杜鹃，体态轻盈小巧，而又耐热耐干。台北艺兰之风甚盛，洋兰、蝴蝶兰、石斛兰都穷极娇艳，到处有之，惟花美叶美而又有淡淡幽香者为素心兰，此所以被人称为"君子之香"而又可以入画。水仙也是台北一绝，每适新年，岁朝清供之中，凌波仙子为必不可少之一员。以视西市之所谓水仙，路旁泽畔一大片一大片地临风招展,其情趣又大不相同。

夜不闭户,路不拾遗,乃想象中的大同世界,古今中外从来没有过一个地方真正实现过。人性本有善良一面、丑恶一面,故人群中欲其"不稂不莠",实不可能。大体上能保持法律与秩序,大多数人民能安居乐业,就算是治安良好,其形态、其程度在各地容有不同而已。

台北之治安良好是举世闻名的。我于三十几年之中,只轮到一次独行盗公然登堂入室,抢夺了一只手表和一把钞票,而且他于十二小时内落网,于十二日内伏诛。而且,在我奉传指证人犯的时候,他还对我说了一声"对不起"。至于剪绺扒窃之徒,则何处无之?我于三十几年中只失落了三支自来水笔,一次是在动物园看蛇吃鸡,一次是在公共汽车里,一次是在成都路行人道上。都怪自己不小心。此外家里蒙贼光顾若干次,一共只损失了两具大同电锅,也许是因为寒舍实在别无长物。"大搬家"的事常有所闻,大概是其中琳琅满目值得一搬。台北民房窗上多装铁栅,其状不雅,火警时难以逃生,久为中外人士所诟病。西市的屋窗皆不装铁栏,而且没有围墙,顶多设短栏栅防狗。可是我在西市下榻之处,数年内即有三次昏夜中承蒙嬉皮之类的青年以啤酒瓶砸烂玻璃窗,报警后,警车于数分钟内到达,开一报案号码由事主收执,此后也就没有下文。衙门机关的大扇门窗照砸,私人家里的窗户算得什么!银行门口大型盆树也有人贪夜搬走。不过说来这都是癣疥之疾。明火抢银行才是大案子,西市也发生过几起,报纸上轻描淡写,大家也司空见惯,这是台北所没有的事。

"台北市虎"目中无人，尤其是拼命三郎所骑的嘟嘟响冒青烟的机车，横冲直撞，见缝就钻，红砖道上也常如虎出柙。谁以为斑马线安全，谁可能吃眼前亏。有人说这里的交通秩序之乱甲于全球，我没有周游过世界，不敢妄言。西市的情形则确是两样，不晓得一般驾车的人为什么那样的服从成性，见了"停"字就停，也不管前面有无行人车辆。时常行人过街，驾车的人停车向你点头挥手，只是没听见他说"您请！您请！"我也见过两车相撞，奇怪的是两方并未骂街，从容地交换姓名、住址及保险公司的行号，分别离去，不伤和气。也没有聚集一大堆人看热闹。可是谁也不能不承认，台北的计程车满街跑，呼之即来，方便之极。虽然这也要靠运气，可能司机先生蓬首垢面、跣足拖鞋，也可能嫌你路程太短而怨气冲天，也可能他的车座年久失修而坑洼不平，也可能他烟瘾大发而火星烟屑飞落到你的胸襟，也可能他看你可欺而把车开到荒郊野外掏出一把起子而对你强⋯⋯不过这是难得一遇的事。在台北坐计程车还算是安全的，比行人穿越马路要安全得多。西市计程车少，是因为私有汽车太多，物以稀为贵，所以清早要雇车到飞机场，需要前一晚就要洽约，而且车费也很高昂，不过不像我们桃园机场的车那样的乱。

吃在台北，一说起来就会令许多老饕流涎三尺。大小餐馆林立，各种口味都有，有人说中国的烹饪艺术只有在台湾能保持于不坠。这个说起来话长。目前在台北的厨师，各省籍的都有，而所谓北方的、宁浙的、广东的、四川的等等餐馆掌勺的人，一大部分未必是师承有自的行家，很可能是略窥门径的"二把刀"。点一个辣子鸡、醋溜鱼、红烧鲍鱼、回锅肉……立即就可以品出其中含有多少家乡风味。也许是限于调货，手艺不便施展。例如烤鸭，就没有一家能够水准，因为根本没有那种适宜于烤的鸭。大家思乡嘴馋，依稀仿佛之中觉得聊胜于无而已。整桌的酒席，内容丰盛近于奢靡，可置不论。平民食物，事关大众，才是我们所最关心的。台北的小吃店大排档常有物美价廉的各地食物。一般而论，人民食物在质量上尚很充分，唯在营养、卫生方面则尚有待改进。一般的厨房炊具、用具、洗涤、储藏，都不够清洁。有人进餐厅，先察看其厕所及厨房，如不满意，回头就走，至少下次不再问津。我每天吃油条烧饼，有人警告我："当心烧饼里有老鼠屎！"我翌日细察，果然不诬，吓得我好久好久不敢尝试，其实看看那桶既浑且黑的洗碗水，也就足以令人趑趄不前了。

美国的食物，全国各地无大差异。常听人讥评美国人，文化浅，不会吃。有人初到美国留学，穷得日以罐头充饥，遂以为美国人的食物与狗食无大差异。事实上，有些嬉皮还真是常吃狗食罐头，以表示其箪食瓢饮的风度。美国人不善烹调，也是事实，不过以他们的聪明才智，如肯下工夫于调和鼎鼐，恐亦未必逊于其他国家。他们的生活紧张，凡事讲究快速和效率，普通工作的人，午餐时间由半小时至一小时，我没听说过身心健全的人还有所谓午睡。他们的吃食简单，他们也有类似便当的食盒，但是我没听说过蒸热便当再吃。他们的平民食物是汉堡三明治、热狗、炸鸡、炸鱼、比萨等等，价廉而快速简便，随身有五指钢叉，吃过抹抹嘴就行了。说起汉堡三明治，我们台北也有，但是偷工减料，相形见绌。麦唐奴的大型汉堡（Big Mac），里面油多肉多菜多，厚厚实实，拿在手里滚热，吃在口里喷香。我吃过两次赫尔飞的咸肉汉堡三明治，体形更大，双层肉饼，再加上几条部分透明的咸肉、番茄、洋葱、沙拉酱，需要把嘴张大到最大限度方能一口咬下去。西市滨海、蛤王、蟹王、各种鱼、虾，以及江瑶柱等等，无不鲜美。台北有蚵仔煎，西市有蚵羹，差可媲美。堪塔基炸鸡，面糊有秘方，台北仿制像是东施效颦一无是处。西市餐馆不分大小，经常接受清洁检查，经常有公开处罚勒令改进之事，值得令人喝彩，卫生行政人员显然不是尸位素餐之辈。

台北的牛排馆不少，但是求其不像是皮鞋底而能咀嚼下咽者并不多靓。西市的牛排大致软韧合度而含汁浆。居民几乎家家后院有烤肉的设备，时常一家烤肉三家香，不必一定要到海滨、山上去燔炙，这种风味不是家居台北者所能领略的。

西雅图地广人稀，历史短而规模大，住宅区和商业区有相当距离。五十多万人口，就有好几十处公园。市政府与华盛顿大学共有的植物园就在市中心区，真所谓闹中取静，尤为难得可贵。海滨的几处公园，有沙滩，可以掘蛤，可以捞海带，可以观赏海鸥飞翔，渔舟点点。义勇兵公园里有艺术馆（门前立着的石兽翁仲是从中国搬去的），有温室（内有台湾的兰花）。到处都有原始森林保存剩下的参天古木。西市是美国北部荒野边陲开辟出来的一个现代都市。我们的台北是一个古老的城市，突然繁荣发展，以致到处有张皇失措的现象。房地价格在西市以上。楼上住宅，楼下可能是乌烟瘴气的汽车修理厂，或是铁工厂，或是洗衣店。横七竖八的市招令人眼花缭乱。

大街道上摊贩云集，是台北的一景，其实这也是古老传统"市集"的遗风。古时日中为市，我们是入夜摆摊。警察来则哄然而逃，警察去则蜂然复聚。买卖双方怡然称便。有几条街的摊贩已成定型，各有专营的行当，好像没有人取缔。最近，一些学生也参加了行列，声势益发浩大。西市没有摊贩之说，人穷急了抢银行，谁肯博此蝇头之利？不过海滨也有一个少数民族麇集的摊贩市场，卖鱼鲜、菜蔬、杂货之类，还不时地有些大胡子青年弹吉他唱曲，在那里助兴讨钱。有一回我在那里的街头徘徊，突闻一缕异香袭人，发现街角有摊车小贩，卖糖炒栗子，要二角五分一颗，他是意大利人。这和我们台北沿街贩卖烤白薯的情形颇为近似。也曾看见过推车子卖油炸圈饼的。夏季，住宅区内，偶有三轮汽车铃响地缓缓而行，逗孩子们从家门飞奔出来买冰淇淋。除此以外，住宅区一片寂静，巷内少人行，门前车马稀，没听过汽车喇叭响，哪有我们台北热闹？

西市盛产木材，一般房屋都是木造的，木料很坚实，围墙栅栏也是木造的居多。一般住家都是平房，高楼公寓并不多见。这和我们的四层公寓、七层大厦的景况不同。因此，家家都有前庭后院，家家都割草莳花，而很难得一见有人在阳光下晒晾衣服。讲到衣服，美国人很不讲究，大概只有银行职员、政府官吏，公司店伙才整套西装打领结。如果遇到一个中国人服装整齐，大概可以料想他是刚从台湾来。从前大学校园里，教授的特殊标志是打领结，现亦不复然，也常是随随便便的一副褴褛相。所谓"汽车房旧物发卖"

或"慈善性义卖"之类,有时候五角钱可以买到一件外套,一元钱可以买到一身西装,还相当不错。

西市的垃圾处理是由一家民营公司承办。每星期固定一日有汽车挨户收取,这汽车是密闭的,没有我们台北垃圾车之《少女的祈祷》的乐声,司机一声不响跳下车来把各家门前的垃圾桶扛在肩上往车里一丢,里面的机关发动就把垃圾碾碎了。在台北,一辆垃圾车配有好几位工人,大家一面忙着搬运一面忙着做垃圾分类的工作,塑胶袋放在一堆,玻璃瓶又是一堆,厚纸箱又是一堆。最无用的垃圾运到较偏僻的地方摊开来,还有人做第二梯次的爬梳工作。

西市的人喜欢户外生活,我们台北的人好像是偏爱室内的游戏。西市湖滨游艇蚁聚,好多汽车顶上驮着机船满街跑。到处有人清晨慢跑,风雨无阻。滑雪、爬山、露营,青年人趋之若鹜。山难之事似乎不大听说。

不知是谁造了"月亮外国的圆"这样一句俏皮的反语,挖苦盲目崇洋的人。偏偏又有人喜欢搬出杜工部的一句诗"月是故乡圆",这就有点画蛇添足了。何况杜诗原意也不是说故乡的月亮比异地的圆,只是说遥想故乡此刻也是月圆之时而已。我所描写的双城,瑕瑜互见,也许,揭了自己的疮疤,长了他人的志气,也许,没有违反见贤思齐闻过则喜的道理,唯读者谅之。

辑四
万物清朗，生活可爱

这个世界，这个人生，有其丑恶的一面，也有其光明的一面。良辰美景，赏心乐事，随处皆是。智者乐水，仁者乐山。

快乐

天下最快乐的事大概莫过于做皇帝。"首出庶物，万国咸宁。"至不济可以生杀予夺，为所欲为。至于后宫粉黛三千，御膳八珍罗列，更是不在话下。清乾隆皇帝，"称八旬之觞，镌十全之宝"，三下江南，附庸风雅。那副志得意满的神情，真是不能不令人兴起"大丈夫当如是也"的感喟。

在穷措大眼里，九五之尊，乐不可支。但是试起古今中外的皇帝于地下，问他们一生中是否全是快乐，答案恐怕相当复杂。西班牙国王拉曼三世（Abder Rahman Ⅲ，960）说过这么一段话：

我于胜利与和平之中统治全国约五十年，为臣民所爱戴，为敌人所畏惧，为盟友所尊敬。财富与荣誉，权力与享受，呼之即来，人世间的福祉，从不缺乏。在这种情形之中，我曾勤加计算，我一生中纯粹的真正幸福日子，总共仅有十四天。

御宇五十年，仅得十四天真正幸福日子。我相信他的话，宸谟睿略，日理万机，很可能不如闲云野鹤之怡然自得。于此我又想起从一本英语教科书上读到一篇寓言，题目是《一个快乐人的衬衫》。某国王，端居大内，抑郁寡欢，虽极耳目声色之娱，而王终不乐。左右纷纷献计，有一位大臣言道：如果在国内找到一位快乐的人，把他的衬衫脱下来，给国王穿上，国王就会快乐。王韪其言，于是使者四处寻找快乐的人，访遍了朝廷显要，朱门豪家，人人都有心事，家家都有一本难念的经，都不快乐。最后找到一位农夫，他耕罢在树下乘凉，裸着上身，大汗淋漓。使者问他："你快乐么？"农夫说："我自食其力，无忧无虑！快乐极了！"使者大喜，便索取他的衬衣。农夫说："哎呀！我没有衬衣。"这位农夫颇似我们的禅门之"一丝不挂"。

常言道，"境由心生"，又说"心本无生因境有"。总之，快乐是一种心理状态。内心湛然，则无往而不乐。吃饭睡觉，稀松平常之事，但是其中大有道理。大珠《顿悟入道要门论》：

有源律师来问："和尚修道，还用功否？"师曰："用功。"曰："如何用功？"师曰："饥来吃饭，困来即眠。"曰："一切人总如是，同师用功否？"师曰："不同。"曰："何故不同？"师曰："他吃饭时不肯吃饭，百种须索，睡时不肯睡，千般计较。所以不同也。"律师杜口。

可是修行到心无挂碍，却不是容易事。我认识一位唯心论的学者,平素昌言意志自由,忽然被人绑架,系于暗室十有余日,备受凌辱,释出后他对我说:"意志自由固然不诬,但是如今我才知道身体自由更为重要。"常听人说烦恼即菩提,我们凡人遇到烦恼只是深感烦恼,不见菩提。

快乐是在心里,不假外求,求即往往不得,转为烦恼。叔本华的哲学是:苦痛乃积极的实在的东西,幸福快乐乃消极的根本不存在的东西。所谓快乐幸福乃是解除苦痛之谓,没有苦痛便是幸福。再进一步看,没有苦痛在先,便没有幸福在后。

梁任公先生曾说:"人生最快乐的事,莫过于看着一件工作的完成。"在工作过程之中,有苦恼也有快乐,等到大功告成,那一份"如愿以偿"的快乐便是至高无上的幸福了。

有时候,只要把心胸敞开,快乐也会逼人而来。这个世界,这个人生,有其丑恶的一面,也有其光明的一面。良辰美景,赏心乐事,随处皆是。智者乐水,仁者乐山。雨有雨的趣,晴有晴的妙,小鸟跳跃啄食,猫狗饱食酣睡,哪一样不令人看了觉得快乐?就是在路上,在商店里,在机关里,偶尔遇到一张笑容可掬的脸,能不令人快乐半天?有一回我住进医院里,僵卧了十几天,病愈出院,刚迈出大门,陡见日丽中天,阳光普照,照得我睁不开眼,又见市廛熙攘,光怪陆离,我不由得从心里欢叫起来:"好一个艳丽盛装的世界!"

"幸遇三杯酒美,况逢一朵花新?"我们应该快乐。

了生死

　　信佛的人往往要出家。出家所为何来？据说是为了一大事因缘，那就是要"了生死"。在家修行，其终极目的也是为了要"了生死"。生死是一件事，有生即有死，有死方有生，"了"即是"了断"之意。生死流转，循环不已，是为轮回。人在轮回之中，纵不堕入恶趣，生、老、病、死四苦煎熬，亦无乐趣可言。所以信佛的人要了生死，超出轮回，证无生法忍。出家不过是一个手段，习静也不过是一个手段。

　　但是生死果然能够了断么？我常想，生不知所从来，死不知何处去，生非甘心，死非情愿，所谓人生只是生死之间短短的一橛。这种看法正是佛家所说"分段苦"。我们所能实际了解的也正是这样。波斯诗人峨谟伽耶姆的四行诗恰好说出了我们的感觉：

Into this universe, and why not knowing,
Nor whence, like water willy-nilly flowing ;

And out of it, as wind along the waste,
I know not whither, willy-nilly blowing.
不知为什么,亦不知来自何方,
来到这世界,像水之不自主地流;
而且离开了这世界,不知向哪里去,
像风在原野,不自主地吹。

"我来如流水,去如风,"这是诗人对人生的体会。所谓生死,不了断亦自然了断,我们是无能为力的。我们来到这世界,并未经我们同意,我们离开这世界,也将不经我们同意。我们是被动的。

人死了之后是不是万事皆空呢?死了之后是不是还有生活呢?死了之后是不是还有轮回呢?我只能说不知道。使哈姆雷特踌躇不决的也正是这一种怀疑。按照佛家的学说,"断灭相"决非正知解。一切的宗教都强调死后的生活,佛教则特别强调轮回。我看世间一切有情,是有一个新陈代谢的法则,是有遗传嬗递的迹象,人恐怕也不是例外,长江后浪推前浪,一代新人代旧人,如是而已。又看佛书记载轮回的故事,大抵荒诞不经,可供谈助,兼资劝世,是否真有其事殆不可考。如果轮回之说尚难证实,则所谓了生死之说也只是可望不可即的一个理想了。

我承认佛家了生死之说是一崇高理想。为了希望达到这个理想,佛教徒制定许多戒律,所谓根本五戒、沙弥十戒、比丘二百五十戒,这还都是所谓"事戒",菩萨十重四十八轻戒之"性戒"尚不在内。这些戒律都是要我们在此生此世来身体力行的。能彻底实行戒律的人方有希望达到"外息诸缘，内心无喘"的境界。只有切实地克制情欲，方可逐渐地做到"情枯智讫"的功夫。所有的宗教无不强调克己的修养，斩断情根，裂破俗网，然后才能湛然寂静，明心见性。就是佛教所斥为外道的种种苦行，也无非是戒的意思，不过做得过分了些。中古基督教也有许多不近人情的苦修方法。凡是宗教，都是要人收敛内心，截除欲念。就是伦理的哲学家，也无不倡导多多少少的克己的苦行。折磨肉体，以解放心灵，这道理是可以理解的。但是以爱根为生死之源，而且自无始以来因积业而生死流转，非斩断爱根无以了生死，这一番道理便比较难以实证了。此生此世持戒，此生此世受福，死后如何，来世如何，便渺茫难言了。我对于在家修行的和出家修行的人们有无上的敬意。由于他们的参禅看教、福慧双修，我不怀疑他们有在此生此世证无生法忍的可能，但是离开此生此世之后是否即能往生净土，我很怀疑。这净土，像其他的被人描写过的天堂一样，未必存在。如果它是存在，只是存在于我们的心里。

西方斯多亚派哲学家所谓个人的灵魂于死后重复融合到宇宙的灵魂里去，其种种信念也无非是要人于临死之际不生恐惧，那说法虽然简陋，却是不落言筌。蒙田说，"学习哲学即是学习如何去死。"如果了生死即是了解生死之谜，从而获致大智大勇，心地光明，无所恐惧，我相信那是可以办到的。所以在我的心目中，宗教家乃是最富理想而又最重实践的哲学家。至于了断生死之说，则我自惭劣钝，目前只能存疑。

时间即生命

最令人怵目惊心的一件事,是看着钟表上的秒针一下一下地移动,每移动一下就是表示我们的寿命已经缩短了一部分。再看看墙上挂着的可以一张张撕下的日历,每天撕下一张就是表示我们的寿命又缩短了一天。因为时间即生命。没有人不爱惜他的生命,但很少人珍视他的时间。如果想在有生之年做一点什么事,学一点什么学问,充实自己,帮助别人,使生命成为有意义,不虚此生,那么就不可浪费光阴。这道理人人都懂,可是很少人真能积极不懈的善为利用他的时间。

我自己就是浪费了很多时间的一个人。我不打麻将,我不经常地听戏看电影,几年中难得一次,我不长时间看电视,通常只看半小时,我也不串门子闲聊天。有人问我:"那么你大部分时间都做了些什么呢?"我痛自反省,我发现,除了职务上的必须及人情上所不能免的活动之外,我的时间大部分都浪费了。我应该集中精力,读我所未读过的书,我应该利用所有时间,写我所要写的东西。但是我没能这样做。我的好多时间都糊里糊涂地混过去了,"少壮不努力,老大徒伤悲。"

例如我翻译莎士比亚,本来计划于课余之暇每年翻译两部,二十年即可完成,但是我用了三十年,主要的原因是懒。翻译之所以完成,主要的是因为活得相当长久,十分惊险。翻译完成之后,虽然仍有工作计划,但体力渐衰,有力不从心之感。假使年轻的时候鞭策自己,如今当有较好或较多的表现。然而悔之晚矣。

再例如,作为一个中国人,经书不可不读。我年过三十才知道读书自修的重要。我批阅,我圈点,但是恒心不足,时作时辍。五十以学易,可以无大过矣,我如今年过八十,还没有接触过易经,说来惭愧。史书也很重要。我出国留学的时候,我父亲买了一套同文石印的前四史,塞满了我的行箧的一半空间,我在外国混了几年之后又把前四史原封带回来了。直到四十年后才鼓起勇气读了《通鉴》一遍。现在我要读的书太多,深感时间有限。

无论做什么事,健康的身体是基本条件。我在学校读书的时候,有所谓"强迫运动",我踢破过几双球鞋,打断过几只球拍。因此侥幸维持下来最低限度的体力。老来打过几年太极拳,目前则以散步活动筋骨而已。寄语年轻朋友,千万要持之以恒的从事运动,这不是嬉戏,不是浪费时间。健康的身体是做人做事的真正的本钱。

早起

曾文正公说："做人从早起起。"因为这是每人每日所做的第一件事。这一桩事若办不到，其余的也就可想。记得从前俞平伯先生有两行名诗："被窝暖暖的，人儿远远的……"在这"暖暖……远远……"的情形之下，毅然决然地从被窝里窜出来，尤其是在北方那样寒冷的天气，实在是不容易。唯以其不容易，所以那个举动被称为开始做人的第一件事。偎在被窝里不出来，那便是在做人的道上第一回败绩。

历史上若干嘉言懿行，也有不少是标榜早起的。例如，颜氏家训里便有"黎明即起"的句子。至少我们不会听说哪一个人为了早晨晏起而受到人的赞美。祖逖闻鸡起舞的故事是众所熟知的，但是我们不要忘了祖逖是志士，他所闻的鸡不是我们在天将破晓时听见的鸡啼，而是"中夜闻荒鸡鸣"。中夜起舞之后是否还回去再睡，史无明文，我想大概是不再回去睡了。黑茫茫的后半夜，舞完了之后还做什么，实在是不可想象的事。前清文武大臣上朝，也是半夜三更地进东华门，打着灯笼进去，不知是不是因为皇帝有特别喜欢起早的习惯。

西谚亦云："早出来的鸟能捉到虫儿吃。"似乎是晚出来的鸟便没得虫儿吃了。我们人早起可有什么好处呢？我个人是从小就喜欢早起的，可是也说不出有什么特别的好处，只是我个人的习惯而已。我觉得这是一个好习惯，可是并不说有这好习惯的人即是好人，因为这习惯虽好，究竟在做人的道理上还是比较的一桩小事。所以像韩复榘在山东省做主席时强迫省府人员清晨五时集合在大操场里跑步，我并不敢恭维。

我小时候上学，躺在炕上一睁眼看见窗户上最高的一格有了太阳光，便要急得哭啼，我的母亲匆匆忙忙给我梳了小辫儿打发我去上学。我们的学校就在我们的胡同里。往往出门之后不久又眼泪扑簌地回来，母亲问道："怎么回来了？"我低着头嗫嚅地回答："学校还没有开门哩！"这是五十多年前的事了。我现在想想，还是不知道为什么要那样性急。到如今，凡是开会或宴会之类，我还是很少迟到的。我觉得迟到是很可耻的一件事。但是我的心胸之不够开展，容不得一点事，于此也就可见一斑。

有人晚上不睡，早晨不起。他说这是"焚膏油以继晷"。我想，"焚膏油"则有之，日晷则在被窝里糟蹋不少。他说夜里万籁俱寂，没有搅扰，最宜工作，这话也许是有道理的。我想晚上早睡两个钟头，早上早起两个钟头，还是一样的，因为早晨也是很宜于工作的。我记得我翻译《阿伯拉与哀绿绮思的情书》的时候，就是趁太阳没出的时候搬竹椅在廊檐下动笔，等到太阳晒满半个院子，人声嘈杂，我便收笔。这样在一个月内译成了那本书，至今回忆起来还是愉快的。我在上海住几年，黎明即起，弄堂里到处是哗啦哗啦的刷马桶的声音，满街的秽水四溢，到处看得见横七竖八的露宿的人——这种苦恼是高枕而眠到日上三竿的人所没有的。有些个城市，居然到九十点钟而街上还没有什么动静，家家户户都门窗紧闭，行经其地如过废墟。我这时候只有暗暗的祝福那些睡得香甜的人，我不知道他们昨夜做了什么事，以至今天这样晚还不能起来。

我如今年事稍长，好早起的习惯更不易抛弃。醒来听见鸟啭，一天都是快活的。走到街上，看见草上的露珠还没有干，砖缝里被蚯蚓倒出一堆一堆的沙土，男的女的担着新鲜肥美的菜蔬走进城来，马路上有戴草帽的老朽的女清道夫，还有无数的青年男女穿着熨平的布衣精神抖擞地携带着"便当"骑着脚踏车去上班——这时候我衷心充满了喜悦！这是一个活的世界，这是一个人的世界，这是生活！

就是学佛的人也讲究"早参""晚参"。要此心常常摄持。曾文正公说做人从早起起，也是着眼在那一转念之间，是否能振作精神，让此心做得主宰。其实早起晚起本身倒没有什么了不得的利弊，如是而已。

沉默

我有一位沉默寡言的朋友。有一回他来看我,嘴边绽出微笑,我知道那就是相见礼,我肃客入座,他欣然就席。我有意要考验他的定力,看他能沉默多久,于是我也打破我的习惯,我也守口如瓶。二人默对,不交一语,壁上的时钟滴答滴答的声音特别响。我忍耐不住,打开一听香烟递过去,他便一枝接一枝地抽了起来,吧嗒吧嗒之声可闻。我献上一杯茶,他便一口一口地翕呷,左右顾盼,意态萧然。等到茶尽三碗,烟罄半听,主人并未欠伸,客人兴起告辞,自始至终没有一句话。这位朋友,现在已归道山,这一回无言造访,我至今不忘。想不到"闻所闻而来,见所见而去"的那种六朝人的风度,于今之世,尚得见之。

明张鼎思《琅玡代醉篇》有一段记载:"刘器之待制对客多默坐,往往不交一谈,至于终日。客意甚倦,或谓去,辄不听,至留之再三。有问之者,曰:'人能终日危坐,而不欠伸欹侧,盖百无一二,其能之者必贵人也。'以其言试之,人皆验。"可见对客默坐之事，过去亦不乏其例。不过所谓"主贵"之说，倒颇耐人寻味。所谓贵，一定要有一副高不可攀的神情，纵然不拒人千里之外，至少也要令人生莫测高深之感，所以处大居贵之士多半有一种特殊的本领，两眼望天，面部无表情，纵然你问他一句话，他也能听若无闻，不置可否。这样的人，如何能不贵？因为深沉的外貌，正好掩饰内部的空虚，这样的人最宜于摆在庙堂之上。《孔子家语》明明地写着，孔子"入太祖后稷之庙，庙堂右阶之前有金人焉，三缄其口，而铭其背曰：'古之慎言人也'"。这庙堂右阶的金人，不是为市井细民做榜样的。

謇谔之臣，骨鲠在喉，一吐为快，其实他是根本负有诤谏之责，并不是图一时之快。鸡鸣犬吠，各有所司，若有言官而箝口结舌，宁不有愧于鸡犬？至于一般的仁人君子，没有不愤世忧时的，其中大部分悯默无言，但间或也有"宁鸣而死，不默而生"的人，这样的人可使当世的人为之感喟，为之击节，他不能全名养寿，他只能在将来历史上享受他应得的清誉罢了。在有"不发言的自由"的时候而甘愿放弃这一项自由，这也是个人的自由。在如今这个时代，沉默是最后的一项自由。

有道之士，对于尘劳烦恼早已不放在心上，自然更能欣赏沉默的境界。这种沉默，不是话到嘴边再咽下去，是根本没话可说，所谓"知者不言，言者不知"。世尊在灵山会上，拈华示众，众皆寂然，唯迦叶破颜微笑，这会心微笑胜似千言万语。莲池大师说得好："世间酽醢醇醴，藏之弥久而弥美者，皆繇封锢牢密不泄气故。古人云，'二十年不开口说话，向后佛也奈何你不得。'旨哉言乎！"

二十年不开口说话,也许要把口闷臭,但是语言道断之后,性水澄清,心珠自现,没有饶舌的必要。基督教Carthusian教派也是以沉默静居为修行法门,经常彼此不许说话。"此中有真意,欲辩已忘言。"

庄子说:"吾安得夫忘言之人,而与之言哉?"现在想找真正懂得沉默的朋友,也不容易了。

中年

钟表上的时针是在慢慢地移动着的,移动得如此之慢,使你几乎不感觉到它的移动。人的年纪也是这样的,一年又一年,总有一天会蓦然一惊,已经到了中年。到这时候大概有两件事使你不能不注意:讣闻不断地来,有些性急的朋友已经先走一步,很煞风景,同时又会忽然觉得一大批一大批的青年小伙子在眼前出现,从前也不知是在什么地方藏着的,如今一齐在你眼前摇晃,磕头碰脑的尽是些昂然阔步满面春风的角色,都像是要去吃喜酒的样子。自己的伙伴一个个的都入蛰了,把世界交给了青年人。所谓"耳畔频闻故人死,眼前但见少年多",正是一般人中年的写照。

从前杂志背面常有"韦廉士红色补丸"的广告,画着一个憔悴的人,弓着身子,手拊在腰上,旁边注着"图中寓意"四字。那寓意对于青年人是相当深奥的。可是这幅图画却常在一般中年人的脑里涌现,虽然他不一定想吃"红色补丸",那点寓意他是明白的了。一根黄松的柱子,都有弯曲倾斜的时候,何况是二十六块碎骨头拼凑成的一条脊椎？年轻人没有不好照镜子的，在店铺的大玻璃窗前照一下都是好的，总觉得大致上还有几分姿色。这顾影自怜的习惯逐渐消失，以至于有一天偶然揽镜，突然发现额上刻了横纹，那线条是显明而有力，像是吴道子的"莼菜描"，心想那是抬头纹，可是低头也还是那样。再一细看头顶上的头发有搬家到腮旁颔下的趋势，而最令人触目惊心的是，鬓角上发现几根白发。这一惊非同小可，平素一毛不拔的人到这时候也不免要狠心地把它拔去，拔毛连茹，头发根上还许带着一颗鲜亮的肉珠。但是没有用，岁月不饶人！

  一般的女人到了中年，更着急。哪个年轻女子不是饱满丰润得像一颗牛奶葡萄，一弹就破的样子？哪个年轻女子不是玲珑矫健得像一只燕子，跳动得那么轻灵？到了中年，全变了。曲线都还存在，但满不是那么回事，该凹入的部分变成了凸出，该凸出的部分变成了凹入，牛奶葡萄要变成金丝蜜枣，燕子要变鹌鹑。最暴露在外面的是一张脸，从"鱼尾"起皱纹撒出一面网，纵横辐辏，疏而不漏，把脸逐渐织成一幅铁路线最发达的地图。脸上的皱纹已经不是熨斗所能烫得平的，同时也不知怎么在皱纹之外还常常加上那么多的苍蝇屎。所以脂粉不可少。除非粪土之墙，没有不可圬的道理。在原有的一张脸上再罩上一张脸，本是最简便的事。不过在上妆之前下妆之后，容易令人联想起《聊斋志异》的那一篇《画皮》而已。女人的肉好像最禁不起地心的吸力，一到中年便一齐松懈下来往下堆摊，成堆的肉挂在脸上，挂在腰边，挂在踝际。听说有许多西洋女子用擀面杖似的一根棒子早晚浑身乱搓，希望把浮肿的肉压得结实一点，又有些人干脆忌食脂肪忌食淀粉，扎紧裤带，活生生地把自己"饿"回青春去。有多少效果，我不知道。

别以为人到中年就算完事，不，譬如登临，人到中年像是攀跻到了最高峰。回头看看，一串串的小伙子正在"头也不回呀汗也不揩"地往上爬。再仔细看看，路上有好多块绊脚石，曾把自己磕碰得鼻青脸肿，有好多处陷阱，使自己做了若干年的井底蛙。回想从前，自己做过扑灯蛾，惹火焚身，自己做过撞窗户纸的苍蝇，一心想奔光明，结果落在粘苍蝇的胶纸上！这种种景象的观察，只有站在最高峰上才有可能。向前看，前面是下坡路，好走得多。

施耐庵《水浒》序云："人生三十未娶，不应再娶；四十未仕，不应再仕。"其实"娶""仕"都是小事，不娶不仕也罢，只是这种说法有点中途弃权的意味，西谚云："人的生活在四十才开始。"好像四十以前，不过是几出配戏，好戏都在后面。我想这与健康有关。吃窝头米糕长大的人，拖到中年就算不易，生命力已经蒸发殆尽。这样的人焉能再娶？何必再仕？服"维他赐保命"都嫌来不及了。我看见过一些得天独厚的男男女女，年轻的时候愣头愣脑的，浓眉大眼，生僵挺硬，像是一些又青又涩的毛桃子，上面还带着挺长的一层毛。他们是未经琢磨过的璞石。可是到了中年，他们变得润泽了，容光焕发，脚底下像是有了弹簧，一看就知道是内容充实的。他们的生活像是在饮窖藏多年的陈酿，浓而芳冽！对于他们，中年没有悲哀。

四十开始生活，不算晚，问题在"生活"二字如何诠释。如果年届不惑，再学习溜冰踢毽子放风筝，"偷闲学少年"，那自然有如秋行春令，有点勉强。半老徐娘，留着"刘海"，躲在茅房里穿高跟鞋当作踩高跷般地练习走路，那也是惨事。中年的妙趣，在于相当地认识人生，认识自己，从而做自己所能做的事，享受自己所能享受的生活。科班的童伶宜于唱全本的大武戏，中年的演员才能担得起大出的轴子戏，只因他到中年才能真懂得戏的内容。

旧

"我爱一切旧的东西——老朋友、旧时代、旧习惯、古书、陈酿;而且我相信,陶乐赛,你一定也承认我一向是很喜欢一位老妻。"这是高尔斯密的名剧《委曲求全》(She Stoops to Conquer)中那位守旧的老头儿哈德卡索先生说的话。他的夫人陶乐赛听了这句话,心里有一点高兴,这风流的老头子还是喜欢她,但是也不是没有一点愠意,因为这一句话的后半段说穿了她的老。这句话的前半段没有毛病,他个人有此癖好,干别人什么事?而且事实上有很多人颇具同感,也觉得一切东西都是旧的好,除了朋友、时代、习惯、书、酒之外,有数不尽的事物都是越老越古越旧越陈越好。所以有人把这半句名言用花体正楷字母抄了下来,装在玻璃框里,挂在墙上,那意思好像是在向喜欢除旧布新的人挑战。

俗语说:"人不如故,衣不如新。"其实,衣着之类还是旧的舒适。新装上身之后,东也不敢坐,西也不敢靠,战战兢兢。我看见过有人全神贯注在他的新西装裤管上的那一条直线,坐下之后第一桩事便是用手在膝盖处提动几下,生恐膝部把他的笔直的裤管撑得变成了口袋。人生至此,还有什么趣味可说!看见过爱因斯坦的小照么?他总是披着那一件敞着领口胸怀的松松大大的破夹克,上面少不了烟灰烧出的小洞,更不会没有一片片的汗斑油渍,但是他在这件破旧衣裳遮盖之下,优哉游哉地神游于太虚之表。

《世说新语》记载着:"桓车骑不好着新衣,浴后妇故进新衣与,车骑大怒,催使持去。妇更持还,传语云:'衣不经新,何由得故?'桓公大笑着之。"桓冲真是好说话,他应该说:"有旧衣可着,何用新为?"也许他是为了保持阃内安宁,所以才一笑置之。"杀头而便冠"的事情,我还没有见过;但是"削足而适履"的行为,则颇多类似的例证。一般人穿的鞋,其制作、设计很少有顾到一只脚是有五个趾头的,穿这样的鞋虽然无需"削"足,但是我敢说五个脚趾绝对缺乏生存空间。有人硬是觉得,新鞋不好穿,敝屣不可弃。

"新屋落成",金圣叹列为"不亦快哉"之一,快哉尽管快哉,随后那"树小墙新"的一段暴发气象却是令人难堪。"欲存老盖千年意,为觅霜根数寸栽",但是需要等待多久!一栋建筑要等到相当破旧,才能有"树林阴翳,鸟声上下"之趣,才能有"苔痕上阶绿,草色入帘青"之乐。西洋的庭园,不时的要剪草,要修树,要打扮得新鲜耀眼,我们的园艺的标准显然地有些不同,即使是帝王之家的园囿,也要在亭阁楼台、画栋雕梁之外安排一个"濠濮间""谐趣园",表示一点点陈旧古老的萧瑟之气。至于讲学的上庠,要是墙上没有多年蔓生的常春藤,基脚上没有远年积留的苔藓,那还能算是第一流么?

　　旧的事物之所以可爱，往往是因为它有内容，能唤起人的回忆。例如阳历尽管是我们正式采用的历法，在民间则阴历仍不能废，每年要过两个新年，而且只有在旧年才肯"新桃换旧符"。明知地处亚热带，仍然未能免俗要烟熏火燎地制造常常带有尸味的腊肉。端午的龙舟粽子是不可少的，有几个人想到那"露才扬己，怨怼沉江"的屈大夫？还不是旧俗相因，虚应故事？中秋赏月，重九登高，永远一年一度地引起人们的不可磨灭的兴味。甚至腊八的那一锅粥，都有人难以忘怀。至于供个人赏玩的东西，当然是越旧越有意义。一把宜兴砂壶，上面有陈曼生制铭镌句，纵然破旧，气味自然高雅。"樗蒲锦背元人画，金粟笺装宋版书"，更是足以使人超然远举，与古人游。我有古钱一枚，"临安府行用，准参百文省"，把玩之余不能不联想到南渡诸公之观赏西湖歌舞。我有胡桃一对，祖父常常放在手里揉动，噶咯噶咯地作响，后来又在我父亲手里揉动，也噶咯噶咯地响了几十年，圆滑红润，有如玉髓，真是先人手泽，现在轮到我手里噶咯噶咯地响了，好几次险些儿被我的儿孙辈敲碎取出桃仁来吃！每一个破落户都可以拿了几件旧东西来，这是不足为奇的事。国家亦然。多少衰败的古国都有不少的古物，可以令人惊羡、欣赏、感慨、唏嘘！

　　旧的东西之可留恋的地方固然很多，人生之应该日新又新的地方亦复不少。对于旧日的典章文物，我们尽管喜欢赞叹，可是我们不能永远盘桓在美好的记忆境界里，我们还是要回到这个现实的地面上来。在博物馆里我们面对商周的吉金、宋元明的书画瓷器，可是遛酸双腿走出门外，便立刻要面对挤死人的公共汽车、丑恶的市招和各种饮料一律通用的玻璃杯！

　　旧的东西大抵可爱，惟旧病不可复发。诸如夜郎自大的脾气、奴隶制度的残余、懒惰自私的恶习、蝇营狗苟的丑态、畸形病态的审美观念，以及罄竹难书的诸般病症，皆以早去为宜。旧病才去，可能新病又来，然而总比旧疴新恙一时并发要好一些。最可怕的是，倡言守旧，其实只是迷恋骸骨；惟新是骛，其实只是撷拾皮毛，那便是新旧之间两俱失之了。

送行

"黯然销魂者,别而已矣。"遥想古人送别,也是一种雅人深致。古时交通不便,一去不知多久,再见不知何年,所以南浦唱支骊歌,灞桥折条杨柳,甚至在阳关敬一杯酒,都有意味。李白的船刚要启碇,汪伦老远地在岸上踏歌而来,那幅情景真是历历如在目前。其妙处在于纯朴真挚,出之以潇洒自然。平素莫逆于心,临别难分难舍。如果平常我看着你面目可憎,你觉得我语言无味,一旦远离,那是最好不过,只恨世界太小,惟恐将来又要碰头,何必送行?

在现代人的生活里,送行是和拜寿送殡等等一样地成为应酬的礼节之一。"揪着公鸡尾巴"起个大早,迷迷糊糊地赶到车站码头,挤在乱哄哄人群里面,找到你的对象,扯几句淡话,好容易耗到汽笛一叫,然后鸟兽散,吐一口轻松气;噘着大嘴回家。这叫做周到。在被送的那一方面,觉得热闹,人缘好,没白混,而且体面,有这么多人舍不得我走,斜眼看着旁边的没人送的旅客,相形之下，尤其容易起一种优越之感，不禁精神抖擞，恨不得对每一个送行的人要握八次手，道十回谢。死人出殡，都讲究要有多少亲友执绋，表示恋恋不舍，何况活人？行色不可不壮。

悄然而行似是不大舒服，如果别的旅客在你身旁耀武扬威地与送行的话别，那会增加旅中的寂寞。这种情形，中外皆然。Max Beerbohm写过一篇《谈送行》，他说他在车站上遇见一位以演剧为业的老朋友在送一位女客，始而喁喁情话，俄而泪湿双颊，终乃汽笛一声，勉强抑止哽咽，向女郎频频挥手，目送良久而别。原来这位演员是在做戏，他并不认识那位女郎，他是属于"送行会"的一个职员。凡是旅客孤身在外而愿有人到站相送的，都可以到"送行会"去雇人来送。这位演员出身的人当然是送行的高手，他能放进感情，表演逼真。客人纳费无多，在精神上受惠不浅。尤其是美国旅客，用金钱在国外可以购买一切，如果"送行会"真的普遍设立起来，送行的人也不虞缺乏了。

送行既是人生中所不可少的一桩事，送行的技术也便不可不注意到。如果送行只限于到车站码头报到，握手而别，那么问题就简单，但是我们中国的一切礼节都把"吃"列为最重要的一个项目。一个朋友远别，生怕他饿着走，饯行是不可少的，恨不得把若干天的营养都一次囤积在他肚里。我想任何人都有这种经验，如有远行而消息外露（多半还是自己宣扬），他有理由期望着饯行的帖子纷至沓来，短期间家里可以不必开伙。还有些思虑更周到的人，把食物携在手上，亲自送到车上船上，好像是你在半路上会要挨饿的样子。

辑四　万物清朗，生活可爱

我永远不能忘记最悲惨的一幕送行。一个严寒的冬夜，车站上并不热闹，客人和送客的人大都在车厢里取暖，但是在长得没有止境的月台上却有黑查查的一堆送行的人，有的围着斗篷，有的戴着风帽，有的脚尖在洋灰地上敲鼓似的乱动。我走近一看，全是熟人，都是来送一位太太的。车快开了，不见她的踪影，原来在这一晚她还有几处饯行的宴会。在最后的一分钟，她来了。送行的人们觉得是在接一个人，不是在送一个人，一见她来到大家都表示喜欢，所有惜别之意都来不及表现了。她手上抱着一个孩子，吓得直哭，另一只手扯着一个孩子，连跑带拖；她的头发蓬松着，嘴里喷着热气，像是冬天载重的骡子；她顾不得和送行的人周旋，三步两步地就跳上了车。这时候车已在蠕动。送行的人大部分都手里提着一点东西，无法交付，可巧我站在离车门最近的地方，大家把礼物都交给了我："请您偏劳给送上去罢！"我好像是一个圣诞老人，抱着一大堆礼物。我一个箭步蹿上了车，我来不及致辞，把东西往她身上一扔，回头就走。从车上跳下来的时候，打了几个转才立定脚跟。事后我接到她一封信，她说：

那些送行的都是谁？你丢给我那一堆东西，到底是谁送的？我在车上整理了好半天，才把那堆东西聚拢起来打成一个大包袱。朋友们的盛情算是给我添了一件行李。我愿意知道哪一件东西是哪一位送的，你既是代表送上车的，你当然知道，盼速见告。

计开：水果三筐，泰康罐头四个，果露两瓶，蜜饯四盒，饼干四罐，豆腐乳四罐，蛋糕四盒，西点八盒，纸烟八听，信纸、信封一匣，丝袜两双，香水一瓶，烟灰碟一套，小钟一具，衣料两块，酱菜四篓，绣花拖鞋一双，大面包四个，咖啡一听，小宝剑两把……

这问题我无法答复，至今是个悬案。

我不愿送人，亦不愿人送我，对于自己真正舍不得离开的人，离别的那一刹那像是开刀。凡是开刀的场合照例是应该先用麻醉剂，使病人在迷蒙中度过那场痛苦，所以离别的苦痛最好避免。一个朋友说："你走，我不送你；你来，无论多大风多大雨，我要去接你。"我最赏识那种心情。

寂寞

　　寂寞是一种清福。我在小小的书斋里,焚起一炉香,袅袅的一缕烟线笔直地上升,一直戳到顶棚,好像屋里的空气是绝对的静止,我的呼吸都没有搅动出一点波澜似的。我独自暗暗地望着那条烟线发怔。屋外庭院中的紫丁香树还带着不少嫣红焦黄的叶子,枯叶乱枝落时的声响可以很清晰地听到,先是一小声清脆的折断声,然后是撞击着枝干的磕碰声,最后是落到空阶上的拍打声。这时节,我感到了寂寞。在这寂寞中我意识到了我自己的存在——片刻的孤立的存在。这种境界并不太易得,与环境有关,但更与心境有关。寂寞不一定要到深山大泽里去寻求,只要内心清净,随便在市廛里、陋巷里,都可以感觉到一种空灵悠逸的境界,所谓"心远地自偏"是也。在这种境界中,我们可以在想象中翱翔,跳出尘世的渣滓,与古人游。所以我说,寂寞是一种清福。

　　在礼拜堂里我也有过同样的经验。在伟大庄严的教堂里,从彩画玻璃窗透进一股不很明亮的光线,沉重的琴声好像是把人的心都洗淘了一番似的,我感觉到了我自己的渺小。这渺小的感觉便是我意识到自己存在的明证,因为平常连这一点点渺小之感都不会有的!

我的朋友萧丽先生卜居在广济寺里,据他告诉我,在最近一个夜晚,月光皎洁,天空如洗,他独自踱出僧房,立在大雄宝殿前的石阶上,翘首四望,月色是那样的晶明,蓊郁的树是那样的静止,寺院是那样的肃穆,他忽然顿有所悟,悟到永恒,悟到自我的渺小,悟到四大皆空的境界。我相信一个人常有这样的经验,他的胸襟自然豁达辽阔。

但是寂寞的清福是不容易长久享受的。它只是一瞬间的存在。世间有太多的东西不时地在提醒我们,提醒我们一件煞风景的事实:我们的两只脚是踏在地上的呀!一只苍蝇撞在玻璃窗上挣扎不出,一声"老爷太太可怜可怜我这个瞎子罢",都可以使我们从寂寞中间一头栽出去,栽到苦恼烦躁的漩涡里去,至于"催租吏"一类的东西之打上门来,或是"石壕吏"之类的东西半夜捉人,其足以使人败兴生气,就更不待言了。这还是外界的感触,如果自己的内心先六根不净,随时都意马心猿,则虽处在最寂寞的境地里,他也是慌成一片、忙成一团,六神无主,暴跳如雷,他永远不得享受寂寞的清福。

如此说来,所谓"寂寞"不即是一种唯心论,一种逃避现实的现象么?也可以说是。一个高蹈隐遁的人,在从前的社会里还可以存在,而且还颇受人敬重,在现在的社会里是绝对的不可能。现在似乎只有两种类型的人了,一是在现实的泥淖中打转的人,一是偶然也从泥溷中昂起头来喘几口气的人。寂寞便是供人喘息的几口清新空气，喘过几口气之后还得耐心地低头钻进泥溷里去。所以我对于能够昂首物外的举动并不愿再多苛责。逃避现实，如果现实真能逃避，吾寤寐以求之！

有过静坐经验的人该知道，最初努力把握着自己的心，叫它什么也不想，那是多么困难的事！那是强迫自己入于寂寞的手段，所谓"参禅""入定"全属于此类。我所赞美的寂寞，稍异于是。我所谓的"寂寞"，是随缘偶得，无须强求，一刹那间的妙悟也不嫌短，失掉了也不必怅惘。但是我有一刻寂寞时，我要好好地享受它。

猫的故事

猫很乖，喜欢偎傍着人；有时候又爱蹭人的腿，闻人的脚。惟有冬尽春来的时候，猫叫春的声音颇不悦耳，呜呜的一声一声地吼，然后突然的哇咬之声大作，稀里哗啦的，铿天地而动神祇。这时候你休想安睡。所以有人不惜昏夜，起床持大竹竿而追逐之。相传有一位和尚作过这样的一首诗："猫叫春来猫叫春，听他愈叫愈精神。老僧亦有猫儿意，不敢人前叫一声。"这位师父富同情心，想来不至于抡大竹竿子去赶猫。

我的家在北平的一个深巷里。有一天，冬夜荒寒，卖水萝卜的、卖硬面饽饽的，都过去了，除了值更的梆子遥远的响声，可以说是万籁俱寂。这时候屋瓦上"嗥"的一声猫叫了起来，时而如怨如诉，时而如诟如詈，然后一阵跳踉，窜到另外一间房上去了，往返跳跃，搅得一家不安。如是者数日。

北平的窗子是糊纸的，窗棂不宽不窄正好容一只猫儿出入，只消他用爪一划，即可通往无阻。在春暖时节，有一夜，我在睡梦中好像听到小院书房的窗纸响，第二天发现窗棂上果然撕破了一个洞，显然是有野猫钻了进去。大概是饿极了，进去捉老鼠。我把窗纸补好。不料第二天猫又来，仍从原处出入，这就使我有些不耐烦，一之已甚，岂可再乎？第三天又发生同样情形，而且把书桌、书架都弄得凌乱不堪，书桌上印了无数的梅花印，我按捺不住了。我家的厨师是一个足智多谋的人，除了调和鼎鼐之外还贯通不少的左道旁门，他因为厨房里的肉常常被猫拖拉到灶下，鱼常被猫叼着上了墙头，怀恨于心，于是殚智竭力，发明了一个简单而有效的捕猫方法。法用铁丝一根，在窗棂上猫经常出入之处钉一个铁钉，铁丝一端系牢在铁钉之上，另一端在铁丝上做一活扣，使铁丝作圆箍形，把圆箍伸缩到适度放在窗棂上，便诸事完备，静待活捉。猫窜进屋的时候前腿伸入之后身躯势必触到铁丝圆箍，于是正好套在身上，活生生悬在半空，愈挣扎则圆箍愈紧。厨师看我为猫所苦无计可施，遂自告奋勇为我在书房窗上装置了这么一个机关。我对他起初并无信心，姑妄从之。但是当天夜里居然有了动静。早晨起来一看，一只瘦猫奄奄一息的赫然挂在那里！

厨师对于捉到的猫向来执法如山，不稍宽假，我看了猫的那副可怜相，直为她缓颊。结果是从轻发落予以开释。但是厨师坚持不能不稍予膺惩，即在猫身上原来的铁丝系上一只空罐头，开启街门放她一条生路。只见猫一溜烟似的稀里哗啦地拖着罐头绝尘而去，像是新婚夫妻的汽车之离教堂去度蜜月。跑得愈快，罐头响声愈大,猫受惊乃跑得更快,惊动了好几条野狗在后面追赶,黄尘滚滚,一瞬间出了巷口往北而去。她以后的遭遇如何我不知道,我心想她吃了这个苦头以后绝对不会再光顾我的书房。窗户纸从新糊好,我准备高枕而眠。

当天夜里,听见铁罐响,起初是在后院砖地上哗啷哗啷地响,随后像是有东西提着铁罐猱升胯院的枣树,终乃在我的屋瓦上作响。屋瓦是一垅一垅的,中有小沟,所以铁罐越过瓦垅的声音是咯噔咯噔的清晰可辨。我打了一个冷战,难道是那只猫的阴魂不散?她拖着铁罐子跑了一天,藏躲在什么地方,终于黉夜又复光临寒舍?我家究竟有什么东西值得使她这样的念念不忘?

哗啷一声,铁罐坠地,显然的是铁丝断了。几乎同时,噗的一声,猫顺着我窗前的丁香树也落了地。她低声地呻吟了一声,好像是初释重负后的一声叹息。随后我的书房窗纸又撕破了——历史重演。

这一回我下了决心,我如果再度把她活捉,要用重典,不是系一个铁罐就能了事。我先到书房里去查看现场,情况有一些异样,大书架接近顶棚最高的一格有几本书洒落在地上。倾耳细听,书架上有呼噜呼噜的声音。怎么猫找到了这个地方来酣睡?我搬了高凳爬上去窥视,吓我一大跳,原来是那只瘦猫拥着四只小猫在喂奶!

四只小猫是黑白花的,咕咕容容的在猫的怀里乱挤,好像眼睛还没有睁开,显然是出生不久。在车船上遇到有妇人生产,照例被视为喜事,母子好像都可以享受好多的优待。我的书房里如今喜事临门，而且一胎四个，原来的一腔怒火消去了不少。天地之大德曰生，这道理本该普及于一切有情。猫为了她的四只小猫，不顾一切地冒着危险回来喂奶，伟大的母爱实在是无以复加！

猫的秘密被我发现，感觉安全受了威胁，一夜的功夫她把四只小猫都叼离书房，不知运到什么地方去了。

饮酒

酒实在很妙。几杯落肚之后就会觉得飘飘然、醺醺然。平素道貌岸然的人,也会绽出笑脸;一向沉默寡言的人,也会议论风生。再灌下几杯之后,所有的苦闷烦恼全都忘了,酒酣耳热,只觉得意气飞扬,不可一世,若不及时制止,可就难免玉山颓欹,剧吐纵横,甚至撒疯骂座,以及种种的酒失酒过全部地呈现出来。莎士比亚的《暴风雨》里的卡力班,那个象征原始人的怪物,初尝酒味,觉得妙不可言,以为把酒给他喝的那个人是自天而降,以为酒是甘露琼浆,不是人间所有物。美洲印第安人初与白人接触,就是被酒所倾倒,往往不惜举土地界人以换一些酒浆。印第安人的衰灭,至少一部分是由于他们的荒腆于酒。

我们中国人饮酒,历史久远。发明酒者,一说是仪狄,又说是杜康。仪狄夏朝人,杜康周朝人,相距很远,总之是无可稽考。也许制酿的原料不同、方法不同,所以仪狄的酒未必就是杜康的酒。《尚书》有《酒诰》之篇,谆谆以酒为戒,一再地说"祀兹酒"(停止这样地喝酒),"无彝酒"(勿常饮酒),想见古人饮酒早已相习成风,而且到了"大乱丧德"的地步。三代以上的事多不可考,不过从汉起就有酒榷之说,以后各代因之,都是课税以裕国帑,并没有寓禁于征的意思。酒很难禁绝,美国一九二〇年起实施酒禁,雷厉风行,依然到处都有酒喝。当时笔者道出纽约,有一天友人邀我食于某中国餐馆,入门直趋后室,索五加皮,开怀畅饮。忽警察闯入,友人止予勿惊。这位警察徐徐就座,解手枪,锵然置于桌上,索五加皮独酌,不久即伏案酣睡。一九三三年酒禁废,直如一场儿戏。民之所好,非政令所能强制。在我们中国,汉萧何造律:"三人以上无故群饮,罚金四两。"此律不曾彻底实行。事实上,酒楼妓馆处处笙歌,无时不飞觞醉月。文人雅士水边修禊,山上登高,一向离不开酒。名士风流,以为持螯把酒,便足了一生,甚至于酗饮无度,扬言"死便埋我",好像大量饮酒不是什么不很体面的事,真所谓"酗于酒德"。

对于酒,我有过多年的体验。第一次醉是在六岁的时候,侍先君饭于致美斋(北平煤市街路西)楼上雅座,窗外有一棵不知名的大叶树,随时簌簌作响。连喝几盅之后,微有醉意,先君禁我再喝,我一声不响站立在椅子上舀了一匙高汤,泼在他的一件两截衫上。随后我就倒在旁边的小木炕上呼呼大睡。回家之后才醒。我的父母都喜欢酒,所以我一直都有喝酒的机会。"酒有别肠,不必长大",语见《十国春秋》,意思是说酒量的大小与身体的大小不必成正比例,壮健者未必能饮,瘦小者也许能鲸吸。我小时候就是瘦弱如一根绿豆芽。酒量是可以慢慢磨炼出来的,不过有其极限。我的酒量不大，我也没有亲见过一般人所艳称的那种所谓海量。古代传说"文王饮酒千盅，孔子百觚"，王充《论衡·语增篇》就大加驳斥，他说："文王之身如防风之君，孔子之体如长狄之人，乃能堪之。"且"文王孔子率礼之人也"，何至于醉酗乱身？就我孤陋的见闻所及，无论是"青州从事"或"平原督邮"，大抵白酒一斤或黄酒三五斤即足以令任何人头昏目眩粘牙倒齿。惟酒无量，以不及于乱为度，看各人自制力如何耳。不为酒困，便是高手。

酒不能解忧，只是令人在由兴奋到麻醉的过程中暂时忘怀一切。即刘伶所谓"无思无虑，其乐陶陶"。可是酒醒之后，所谓"忧心如醒"，那份病酒的滋味很不好受，所付代价也不算小。我在青岛居住的时候，那地方背山面海，风景如绘，在很多人心目中是最理想的卜居之所，唯一缺憾是很少文化背景，没有古迹耐人寻味，也没有适当的娱乐。看山观海，久了也会腻烦，于是呼朋聚饮，三日一小饮，五日一大宴，豁拳行令，三十斤花雕一坛，一夕而罄。七名酒徒加上一位女史，正好八仙之数，乃自命为酒中八仙。有时且结伙远征，近则济南，远则南京、北京，不自谦抑，狂言"酒压胶济一带，拳打南北二京"，高自期许，俨然豪气干云的样子。当时作践了身体，这笔账日后要算。一日，胡适之先生过青岛小憩，在宴席上看到八仙过海的盛况大吃一惊，急忙取出他太太给他的一个金戒指，上面镌有"戒"字，戴在手上，表示免战。过后不久，胡先生就写信给我说："看你们喝酒的样子，就知道青岛不宜久居，还是到北京来吧！"我就到北京去了。现在回想当年酗酒，哪里算得是勇，直是狂。

酒能削弱人的自制力,所以有人酒后狂笑不置,也有人痛哭不已,更有人口吐洋语滔滔不绝,也许会把平素不敢告人之事吐露一二,甚至把别人的隐私而当众抖露出来。最令人难堪的是强人饮酒,或单挑,或围剿,或投下井之石,千方万计要把别人灌醉,有人诉诸武力,捏着人家的鼻子灌酒!这也许是人类长久压抑下的一部分兽性之发泄,企图获取胜利的满足,比拿起石棒给人迎头一击要文明一些而已。那咄咄逼人的声嘶力竭的豁拳,在赢拳的时候,那一声拖长了的绝叫,也是表示内心的一种满足。在别处得不到满足,就让他们在聚饮的时候如愿以偿吧!只是这种闹饮,以在有隔音设备的房间里举行为宜,免得侵扰他人。

《菜根谭》所谓"花看半开,酒饮微醺"的趣味,才是最令人低徊的境界。

读画

《随园诗话》："画家有读画之说，余谓画无可读者，读其诗也。"随园老人这句话是有见地的。读是读诵之意，必有文章词句然后方可读诵，画如何可读？所以读画云者，应该是读诵画中之诗。

诗与画是两个类型，在对象、工具、手法各方面均不相同。但是类型的混淆，古已有之。在西洋，所谓"Ut picture poesis"，"诗既如此，画亦同然"，早已成为艺术批评上的一句名言。我们中国也特别称道王摩诘的"画中有诗，诗中有画"。究竟诗与画是各有领域的。我们读一首诗，可以欣赏其中的景物的描写，所谓"历历如绘"，如诗之极致究竟别有所在，其着重点在于人的概念与情感。所谓诗意、诗趣、诗境，虽然多少有些抽象，究竟是以语言文字来表达最为适宜。我们看一幅画，可以欣赏其中所蕴藏的诗的情趣，但是并非所有的画都有诗的情趣，而且画的主要的功用是在描绘一个意象。我们说读画，实在是在画里寻诗。

蒙娜丽莎的微笑，即是微笑，笑得美，笑得甜，笑得有味道，但是我们无法追问她为什么笑，她笑的是什么。尽管有许多人在猜这个微笑的谜，其实都是多此一举。有人以为她是因为发现自己怀孕了而微笑，那微笑代表女性的骄傲与满足；有人说："怎见得她是因为发觉怀孕而微笑呢？也许她是因为发觉并未怀孕而微笑呢？"这样的读下去，是读不出所以然来的。会心的微笑，只能心领神会，非文章词句所能表达。像《蒙娜丽莎》这样的画，还有一些奥秘的异味可供揣测。此外像Watts的《希望》，画的是一个女人跨在地球上弹着一只断了弦的琴，也还有一点象征的意思可资领会；但是Sorolla的《二姊妹》，除了耀眼的阳光之外还有什么诗可读？再如Sully的《戴破帽子的孩子》，画的是一个孩子头上顶着一个破帽子，除了那天真无邪的脸上的光线掩映之外还有什么诗可读？至于Chase的一幅《静物》，可能只是两条死鱼翻着白肚子躺在盘上，更没有什么可说的了。

也许中国画里的诗意较多一点。画山水不是"春山烟雨"，就是"江皋烟树"，不是"云林行旅"，就是"春浦帆归"，只看画题，就会觉得诗意盎然。尤其是文人画家，一肚皮不合时宜，在山水画中寄托了隐逸超俗的思想，所以山水画的境界成了中国画家人格之最完美的反映。即使是小幅的花卉，像李复堂、徐青藤的作品，也有一股豪迈潇洒之气跃然纸上。

画中已经有诗，有些画家还怕诗意不够明显，在画面上更题上或多或少的诗词字句。自宋以后，这已成了大家所习惯接受的形式，有时候画上无字反倒觉得缺点什么。中国字本身有其艺术价值，若是题写得当，也不难看。西洋画无此便利，《拾穗人》上面若是用鹅翎管写上一首诗，那就不堪设想。在画上题诗，至少说明了一点，画里面的诗意有用文字表达的必要。一幅酣畅的泼墨画，画着两棵大白菜，墨色浓淡之间充分表示了画家笔下控制水墨的技巧，但是画面的一角题了一行大字："不可无此味，不可有此色"，这张画的意味不同了，由纯粹的画变成了一幅具有道德价值的概念的插图。金冬心的一幅墨梅，篆籀纵横，密圈铁线，清癯高傲之气扑人眉宇，但是半幅之地题了这样的词句："晴窗呵冻，写寒梅数枝，胜似与猫儿狗儿盘桓也……"顿使我们的注意力由斜枝细蕊转移到那个清高的画士。画的本身应该能够表现画家所要表现的东西，不需另假文字为之说明，题画的办法有时使画不复成为纯粹的画。

  我想画的最高境界不是可以读得懂的，一说到读便牵涉到文章词句，便要透过思想的程序，而画的美妙处在于透过视觉而直诉诸人的心灵，画给人一种心灵上的享受，不可言说，说便不着。

喝茶

我不善品茶，不通茶经，更不懂什么茶道，从无两腋之下习习生风的经验。但是，数十年来，喝过不少茶，北平的双窨、天津的大叶、西湖的龙井、六安的瓜片、四川的沱茶、云南的普洱、洞庭湖的君山茶、武夷山的岩茶，甚至不登大雅之堂的茶叶梗与满天星随壶净的高末儿，都尝试过。茶是我们中国人的饮料，口干解渴，唯茶是尚。茶字，形近于荼，声近于槚，来源甚古，流传海外，凡是有中国人的地方就有茶。人无贵贱，谁都有份，上焉者细啜名种，下焉者牛饮茶汤，甚至路边埂畔还有人奉茶。北人早起，路上相逢，辄问讯"喝茶未？"茶是开门七件事之一，乃人生必需品。

孩提时，屋里有一把大茶壶，坐在一个有棉衬垫的藤箱里，相当保温，要喝茶自己斟。我们用的是绿豆碗，这种碗大号的是饭碗，小号的是茶碗，作绿豆色，粗糙耐用，当然和宋瓷不能比，和江西瓷不能比，和洋瓷也不能比，可是有一股朴实厚重的风貌，现在这种碗早已绝迹，我很怀念。这种碗打破了不值几文钱，脑勺子上也不至于挨巴掌。银托白瓷小盖碗是祖父母专用的,我们看着并不羡慕。看那小小的一盏,两口就喝光,泡两三回就得换茶叶,多麻烦。如今盖碗很少见了,除非是到故宫博物院拜会蒋院长,他那大客厅里总是会端出盖碗茶敬客。再不就是在电视剧中也常看见有盖碗茶,可是演员一手执盖一手执碗缩着脖子啜茶那副狼狈相,令人发噱,因为他不知道喝盖碗茶应该是怎样的喝法。他平素自己喝茶大概一直是用玻璃杯、保温杯之类。如今,我们此地见到的盖碗,多半是近年来本地制造的"万寿无疆"的那种样式,瓷厚了一些;日本制的盖碗,样式微有不同,总觉得有些怪怪的。近有人回大陆,顺便探视我的旧居,带来我三十多年前天天使用的一只瓷盖碗,原是十二套,只剩此一套了,碗沿还有一点磕损,睹此旧物,勾起往日的心情,不禁黯然。盖碗究竟是最好的茶具。

　　茶叶品种繁多,各有擅场。有友来自徽州,同学清华,徽州产茶胜地,但是他看到我用一撮茶叶放在壶里沏茶,表示惊讶,因为他只知道茶叶是烘干打包捆载上船沿江运到沪杭求售,剩下来的茶梗才是家人饮用之物。恰如北人所谓"卖席的睡凉炕"。我平素喝茶,不是香片就是龙井,多次到大栅栏东鸿记或西鸿记去买茶叶,在柜台前面一站,徒弟搬来凳子让坐,看伙计称茶叶,分成若干小包,包得见棱见角,那份手艺只有药铺伙计可以媲美。茉莉花窨过的茶叶,临卖的时候再抓一把鲜茉莉花放在表面上,所以叫做双窨。于是茶店里经常是茶香花香,郁郁菲菲。父执有名玉贵者,旗人,精于饮馔,居恒以一半香片一半龙井混合沏之,有香片之浓馥,兼龙井之苦清。吾家效而行之,无不称善。茶以人名,乃径呼此茶为"玉贵",私家秘传,外人无由得知。

其实,清茶最为风雅。抗战前造访知堂老人于苦茶庵,主客相对总是有清茶一盂,淡淡的、涩涩的、绿绿的。我曾屡侍先君游西子湖,从不忘记品尝当地的龙井,不需要攀登南峰风篁岭,近处平湖秋月就有上好的龙井茶,开水现冲,风味绝佳。茶后进藕粉一碗,四美俱矣。正是"穿牖而来,夏日清风冬日日;卷帘相见,前山明月后山山。"(骆成骧联)。有朋自六安来,贻我瓜片少许,叶大而绿,饮之有荒野的气息扑鼻。其中西瓜茶一种,真有西瓜风味。我曾过洞庭,舟泊岳阳楼下,购得君山茶一盒。沸水沏之,每片茶叶均如针状直立漂浮,良久始舒展下沉,品味清香不俗。

初来台湾,粗茶淡饭,颇想倾阮囊之所有在饮茶一端偶作豪华之享受。一日过某茶店,索上好龙井,店主将我上下打量,取八元一斤之茶叶以应,余元不满,乃更以十二元者奉上,余仍不满,店主勃然色变,厉声曰:"买东西,看货色,不能专以价钱定上下。提高价格,自欺欺人耳!先生奈何不察?"我爱其憨直。现在此茶店门庭若市,已成为业中之翘楚。此后我饮茶,但论品味,不问价钱。

茶之以浓酽胜者莫过于功夫茶。《潮嘉风月记》说功夫茶要细炭初沸连壶带碗泼浇,斟而细呷之,气味芳烈,较嚼梅花更为清绝。我没嚼过梅花,不过我旅居青岛时有一位潮州澄海朋友,每次聚饮酩酊,辄相偕走访一潮州帮巨商于其店肆。肆后有密室,烟具、茶具均极考究,小壶小盅有如玩具。更有娈婉卯童伺候煮茶、烧烟,因此经常饱吃功夫茶,诸如铁观音、大红袍,吃了之后还携带几匣回家。不知是否故弄玄虚，谓炉火与茶具相距以七步为度，沸水之温度方合标准。举小盅而饮之，若饮罢径自返盅于盘，则主人不悦，须举盅至鼻头猛嗅两下。这茶最有解酒之功，如嚼橄榄，舌根微涩，数巡之后，好像是越喝越渴，欲罢不能。喝功夫茶，要有工夫，细呷细品，要有设备，要人服侍，如今乱糟糟的社会里谁有那么多的工夫？红泥小火炉哪里去找？伺候茶汤的人更无论矣。普洱茶，漆黑一团，据说也有绿色者，泡烹出来黑不溜秋，粤人喜之。在北平，我只在正阳楼看人吃烤肉，吃得口滑肚子膨脖不得动弹，才高呼堂倌泡普洱茶。四川的沱茶亦不恶，唯一般茶馆应市者非上品。台湾的乌龙，名震中外，大量生产，佳者不易得。处处标榜冻顶，事实上哪里有那么多的冻顶？

喝茶，喝好茶，往事如烟。提起喝茶的艺术，现在好像谈不到了，不提也罢。

放风筝

偶见街上小儿放风筝，拖着一根棉线满街跑，嬉戏为欢，状乃至乐。那所谓风筝，不过是竹篾架上糊一点纸，一尺见方，顶多底下缀着一些纸穗，其结果往往是绕挂在街旁的电线上。

常因此想起我小时候在北平放风筝的情形。我对放风筝有特殊的癖好，从孩提时起直到三四十岁，遇有机会从没有放弃过这一有趣的游戏。在北平，放风筝有一定的季节，大约总是在新年过后开春的时候为宜。这时节，风劲而稳。严冬时风很大，过于凶猛，春季过后则风又嫌微弱了。开春的时候，蔚蓝的天，风不断的吹，最好放风筝。

北平的风筝最考究。这是因为北平的有闲阶级的人多，如八旗子弟，凡属耳目声色之娱的事物都特别发展。我家住在东城，东四南大街，在内务部街与史家胡同之间有一个二郎庙，庙旁边有一风筝铺，铺主姓于，人称"风筝于"。他做的风筝在城里颇有小名。我家离他近，买风筝特别方便。他做的风筝，种类繁多，如肥沙雁、瘦沙雁、龙井鱼、蝴蝶、蜻蜓、鲇鱼、灯笼、白菜、蜈蚣、美人儿、八卦、蛤蟆以及其他形形色色。鱼的眼睛是活动的，放起来滴溜溜的转。尾巴拖得很长，临风波动。蝴蝶蜻蜓的翅膀也有软的，波动起来也很好看。风筝的架子是竹制的，上面绷起高丽纸面，讲究的要用绢绸，绘制很是精致，彩色缤纷。风筝于的出品，最精彩是"提线"拴得角度准确，放起来不"折筋斗"，平平稳稳。风筝小者三尺，大者一丈以上，通常在家里玩玩有三尺到七尺就很够。新年厂甸开放，风筝摊贩也很多，品质也还可以。

放风筝的线，小风筝用棉线即可，三尺以上就要用棉线数绺捻成的"小线"，小线也有粗细之分，视需要而定。考究的要用"老弦"：取其坚牢，而且分量较轻，放起来可以扭成直线，不似小线之动辄出一圆兜。线通常绕在竹制的可旋转的"线桄子"上。讲究的是硬木制的线桄子，旋转起来特别灵活迅速。用食指打一下，桄子即转十几转，自然的把线绕上去了。

有人放风筝，尤其是较大的风筝，常到城根或其他空旷的地方去，因为那旦风大，一抖就起来了。尤其是那一种特制的巨型风筝，名为"拍子"，长方形的，方方正正没有一点花样，最大的没有超过九尺。北平的住宅都有个院子，放风筝时先测定风向，要有人带起一根大竹竿，竿顶置有铁叉头或铜叉头（即挂画所用的那种叉子），把风筝挑起，高高举起到房檐之上，等着风一来，一抖，风筝就飞上天去，竹竿就可以撤了，有时候风不够大，举竹竿的人还要爬上房去踞坐在房脊上面。有时候，费了不少手脚，而风姨不至，只好废然作罢。不过这种扫兴的机会并不太多。

风筝和飞机一样,在起飞的时候和着陆的时候最易失事。电线和树都是最碍事的,须善为躲避。风筝一上天,就没有事,有时候进入罡风境界,直不需用手牵着,大可以把线拴在屋柱上面,自己进屋休息,甚至拴一夜,明天再去收回。春寒料峭,在院子里久了会冻得涕泗交流,线弦有时也会把手指勒得青疼,甚至出血,是需要到屋里去休息取暖的。

风筝之"筝"字,原是一种乐器,似瑟而十三弦。所以顾名思义,风筝也是要有声响的。《询刍录》云:"五代李邺于宫中作纸鸢,引线乘风为戏,后于鸢首,以竹为笛,使风入竹,声如筝鸣。"这记载是对的。不过我们在北平所放的风筝,倒不是"以竹为笛",带响的风筝是两种,一种是带锣鼓的,一种是带弦弓的,二者兼备的当然也不是没有。所谓锣鼓,即是利用风车的原理捶打纸制的小鼓,清脆可听。弦弓的声音比较更为悦耳。有高骈《风筝》诗为证:

> 夜静弦声响碧空,宫商信任往来风。
> 依稀似曲才堪听,又被风吹别调中。

我以为放风筝是一件颇有情趣的事。人生在世上,局促在一个小圈圈里,大概没有不想偶然远走高飞一下的。出门旅行,游山逛水,是一个办法,然亦不可常得。放风筝时,手牵着一根线,看风筝冉冉上升,然后停在高空,这时节仿佛自己也跟着风筝飞起了,俯瞰尘寰,怡然自得。我想这也许是自己想飞而不可得,一种变相的自我满足罢。春天的午后，看着天空飘着别人家放起的风筝，虽然也觉得很好玩，究不若自己手里牵着线的较为亲切，那风筝就好像是载着自己的一片心情上了天。真是的，在把风筝收回来的时候，心里泛起一种异样的感觉，好像是游罢归来，虽然不是扫兴，至少也是尽兴之后的那种疲惫状态，懒洋洋的，无话可说，从天上又回到了人间，从天上翱翔又回到匍匐地上。

放风筝还可以"送幡"（俗呼为"送饭儿"）。用铁丝圈套在风筝线上，圈上附一长纸条，在放线的时候铁丝圈和长纸条便被风吹着慢慢地滑上天去，纸幡在天空飞荡，直到抵达风筝脚下为止。在夜间还可以把一盏一盏的小红灯笼送上去，黑暗中不见风筝，只见红灯朵朵在天上游来游去。

放风筝有时也需要一点点技巧。最重要的是在放线松弛之间要控制得宜。风太劲，风筝陡然向高处跃起，左右摇晃，把线拉得绷紧，这时节一不小心风筝便会倒栽下去。栽下去不要慌，赶快把线一松，它立刻又会浮起，有时候风筝已落到视线所不能及的地方，依然可以把它挽救起来，凡事不宜操之过急，放松一步，往往可以化险为夷，放风筝亦一例也。技术差的人，看见风筝要栽筋斗，便急忙往回收，适足以加强其危险性，以至于不可收拾。风筝落在树梢上也不要紧，这时节也要把线放松，乘风势轻轻一扯便会升起，性急的人用力拉，便愈纠缠不清，直到把风筝扯碎为止。在风力弱的时候，风筝自然要下降，线成兜形，便要频频扯抖，尽量放线，然后再及时收回，一松一紧，风筝可以维持于不坠。

好斗是人的一种本能。放风筝时也可表现出战斗精神。发现邻近有风筝飘起，如果位置方向适宜，便可向它斗争。法子是设法把自己的风筝放在对方的线兜之下，然后猛然收线，风筝陡的直线上升，势必与对方的线兜交缠在一起，两只风筝都摇摇欲坠，双方都急于向回扯线，这时候就要看谁的线粗，谁的手快，谁的地势优了。优胜的一方面可以扯回自己的风筝，外加一只俘虏，可能还有一段的线。我在一季之中，时常可以俘获四五只风筝。把俘获的风筝放起，心里特别高兴，好像是在炫耀自己的胜利品，可是有时候战斗失利，自己的风筝被俘，过一两天看着自己的风筝在天空飘荡，那便又是一种滋味了。这种斗争并无伤于睦邻之道，这是一种游戏，不发生侵犯领空的问题，并且风筝也只好玩一季，没有人肯玩隔年的风筝。迷信说隔年的风筝不吉利，这也许是卖风筝的人造的谣言。

图书在版编目(CIP)数据

生活，得有点烟火气儿：梁实秋散文精选集/梁实秋著．—武汉：华中科技大学出版社，2022.10（2024.2重印）
ISBN 978-7-5680-8618-9

Ⅰ．①生… Ⅱ．①梁… Ⅲ．①散文集－中国－现代 Ⅳ．①I266

中国版本图书馆CIP数据核字(2022)第140932号

生活，得有点烟火气儿：梁实秋散文精选集 梁实秋 著
Shenghuo, Dei Youdian Yanhuoqir: Liangshiqiu Sanwen Jingxuanji

策划编辑：陈心玉
责任编辑：陈心玉
封面设计：三形三色
责任校对：刘 竣
责任监印：朱 玢

出版发行：华中科技大学出版社(中国·武汉)　电话：(027)81321913
　　　　　武汉市东湖新技术开发区华工科技园　邮编：430223
录　　排：孙雅丽
印　　刷：湖北新华印务有限公司
开　　本：880mm×1230mm　1/32
印　　张：7.125
字　　数：158千字
版　　次：2024年2月第1版第3次印刷
定　　价：49.80元

本书若有印装质量问题，请向出版社营销中心调换
全国免费服务热线：400-6679-118　竭诚为您服务
版权所有　侵权必究